Mil luces sobre el Sena

Nicolas Barreau

Mil luces sobre el Sena

Traducción de
Marta Mabres

SUMA de letras

Papel certificado por el Forest Stewardship Council®

MIXTO
Papel | Apoyando la silvicultura responsable
FSC® C117695

Penguin Random House Grupo Editorial

Título original: *Tausend Lichter über der Seine*

Primera edición: octubre de 2024

Printed in Spain – Impreso en España

ISBN: 978-84-19835-84-0
Depósito legal: B-12831-2024

Compuesto en Mirakel Studio, S. L. U.

Impreso en Liberdúplex,
Sant Llorenç d'Hortons (Barcelona)

SL35840

Para Ruth

1

Noviembre es considerado un mes anodino, uno en el que no acostumbran a ocurrir muchas cosas. No, al menos, cosas agradables. Es habitual que llueva, un viento desapacible suele azotar edificios, puentes y bulevares; los paraguas se vuelven del revés, los pies se mojan y es frecuente que nos resfriemos. En el metro, la gente parece cansada y los ancianos mueren más en este mes que en otros: en esto París no se diferencia de las demás ciudades. De alguna manera procuramos resistir, arrastrarnos de un día gris a otro hasta que se acerca diciembre y, con él, la ilusión por la Navidad, esa maravillosa fiesta de amor y luminosidad que transforma todo París en una fantasía de algodones de azúcar y destellos de plata.

Durante mucho tiempo, yo adoré la Navidad. Nuestro árbol, que papá decoraba a puerta cerrada todos los años en el salón, nunca me parecía lo bastante grande, y ya en noviembre recorría la ciudad a la luz de las guirnaldas luminosas, paseando por las calles y las tiendas decoradas en busca de regalos.

Sin embargo, desde hace tres años, la fiesta de todas las fiestas, el apacible punto final del año en que parece que todo confluye, reuniendo a las familias y reconciliando a quienes se han enemistado, ya no me parece ni tan hermosa ni tan halagüeña. La verdad, la Navidad ya no me gusta, y hay un motivo para ello.

En todo caso, aquel año, en noviembre, ocurrió algo que, literalmente, cambió el rumbo de mi vida.

Recibí dos cartas: una contenía una mala noticia; otra, una noticia triste. Y, sin embargo, al final, por uno de esos extraños y tortuosos caminos que la vida toma en ocasiones, ambas cartas me regalaron de forma totalmente inesperada las mejores Navidades de mi vida.

Recuerdo muy bien esa lluviosa mañana de lunes en la que sobre las diez, como todos los días, bajé muerta de frío los cuatro pisos hasta los buzones para comprobar el correo. Un pequeño ritual, una interrupción agradable de mi trabajo solitario, igual que prepararme el café de la mañana o asomarme al anochecer a la ventana de mi buhardilla en la plaza Sainte-Marthe, un sitio encantador cerca del canal Saint-Martin.

En cuanto el tiempo se vuelve un poco más cálido, esta placita, algo apartada, cobra vida. El restaurante Galopine, con su fachada de color azul grisáceo, se llena de comensales; ante La Sardine se colocan mesas y sillas de colores, y el bistró Sainte-Marthe, con su toldo rojo, se llena de jóvenes que permanecen ahí sentados hasta altas horas de la noche. El murmullo de las voces, al que a veces se le une alguna carcajada alegre, me llega incluso a mí, que estoy en un cuarto piso, sentada al escritorio trabajando con la ventana abierta. No me molesta. Al contrario. Es un ruido de fondo agradable que, de alguna manera, me tranquiliza y me proporciona la sensación de formar parte de la vida pese a encontrarme encerrada en lo alto de mi torre de Rapunzel, concentrada en mi traducción, buscando palabras y frases que hagan justicia al texto original.

En los meses fríos, cuando el ambiente se vuelve más tranquilo y la plaza y sus farolas antiguas, sus bancos y el solitario pilar publicitario se sumergen poco a poco en el letargo hibernal, la vista nocturna desde mi ventana me hace soñar. A mis pies, los árboles susurran suavemente, un último transeúnte atraviesa el suelo adoquinado bañado por la luz dorada, las pisadas se desvanecen y entonces la placita me pertenece por completo.

Mi viejo amigo Cédric Bonnieux —un columnista que vive con su compañero Augustin a orillas del canal Saint-Martin y que lo primero que suele contarle a todo el mundo es que desde su piso junto al Quai de Valmy puede ver directamente el puente donde se rodó la famosa escena de la película *Amélie*— siempre dice que la plaza Sainte-Marthe «no es para nada chic» y que está «absoluuuuutamente demodé». Al decirlo, me mira con cierto reproche, como preguntando: «¿Cómo puedes vivir allí?», mientras se atusa su bufanda Etro de estampado colorido.

Y puede que tenga razón. La plaza Sainte-Marthe es un mundo aparte. Situada a apenas un cuarto de hora del canal —que con sus pintorescos puentes de hierro y sus numerosos cafés y bistrós desde hace un tiempo se ha convertido en una zona muy frecuentada por aquellos a los que les gusta salir de noche y sentarse junto al agua—, la placita se mantiene escondida tras el parque del antiguo hospital Saint-Louis, como si fuera una ensoñación. Sobre todo al caer la noche, cuando la oscuridad se posa delicadamente sobre la plaza y las farolas se encienden, ese rincón me parece uno de los más bellos de París. Va conmigo: yo también estoy un poco demodé y no soy muy chic. Si no, probablemente habría elegido un trabajo más glamuroso. Uno en primera fila, expuesto, a la vista. ¿Quién piensa en el traductor cuando lee un libro que fue escrito en otro idioma? El desafío de apropiarse de palabras en otra lengua y luego verterlas en la propia. De dar con nuevas imágenes que, en última instancia y en el mejor de los casos, transmitan de forma exacta lo que el autor quiso expresar. Y todo ello sin que el lector se dé cuenta siquiera de que, en realidad, está leyendo un libro que fue escrito en inglés, en español o incluso en finés. Porque suena como si se hubiera escrito en la propia lengua.

Traducir, como bailar ballet, es un arte. Nos elevamos por el aire sin esfuerzo aparente con nuestras piruetas lingüísticas, girando sobre la punta de los pies con una sonrisa y cayendo de forma delicada y silenciosa en la siguiente frase. El anciano monsieur Lassalle me comentó una vez que en una buena traducción el esfuerzo no se nota. Él es el editor de Éditions Lassalle, una pequeña editorial de Saint-Germain para la que traduzco novelas casi en exclusiva, y no puedo más que darle la razón. Solo gracias a esa ligereza, a ese *pas de deux* tan perfectamente sincronizado entre dos lenguas, leer un libro escrito en otro idioma se convierte en un placer. Los traductores tendemos puentes entre lenguas, somos viajeros entre dos mundos. Cada vez que lo consigo, me siento orgullosa y feliz. Cuando entrego una traducción, hay siempre una parte de mí en ella. Aunque, por lo general, nadie lo note.

En ocasiones, cuando se trata de una obra literaria de cierta envergadura, alguien en el suplemento cultural del periódico se toma la molestia de mencionar que la traducción es excelente y que el traductor, también. Pero, en la mayoría de los casos, nuestros nombres se mencionan solo al principio del libro, debajo del título para luego ser soslayados: «Traducido del finés por Joséphine Beauregard».

Joséphine soy yo, y debo mi nombre, algo rimbombante, a que mi madre aún sueña con los días de gloria de la *Grande Nation* y es una ferviente admiradora de Napoleón Bonaparte. Ella, que fue dentista, no solo se ocupó de la dentadura de sus hijas (gracias a los enjuagues bucales diarios y a los aparatos que tuvimos que llevar de pequeñas, tenemos unos dientes realmente impecables), sino que además nos puso a todas el nombre de una heroína de la era napoleónica. Pero, mientras que mis dos hermanas mayores han hecho honor a sus grandes nombres —Eugénie es una cardiocirujana de renombre, a la que constantemente invitan a importantes congresos médicos, y Pauline, que probablemente no se quita el collar de perlas ni para acostarse, tras estudiar Derecho siguió los pasos de nuestro padre y algún día se hará cargo de su próspero bufete—, yo, con mi mal pagado trabajo como traductora, probablemente soy la fracasada de la familia.

Cuando, en su momento, le dije a mamá que quería estudiar idiomas y traducir libros, me miró perpleja.

—¿Como profesión? —preguntó horrorizada—. No irás a dedicarte a eso de manera profesional, ¿verdad?

—Por supuesto que sí —respondí molesta—. ¿Como qué si no?

—¡Pero, hija mía, de eso no se puede vivir! ¿Por qué no estudias algo sensato como tus hermanas? Al menos podrías ser farmacéutica. O hacer la carrera diplomática. Papá tiene buenos contactos en el ministerio. Con tus notas, podrías ser cualquier cosa.

—Exacto —dije con tono desafiante y salí del salón.

Más tarde, la oí lamentarse a papá en su dormitorio.

—¡Traductora! —gimió—. Antoine, ¿no podrías hablar con ella?

—Pero, Isabelle, eso es decisión suya —contestó papá con cautela—. En última instancia. —Papá es brillante ante un tribunal, pero en casa prefiere evitar los conflictos—. Bueno, evidentemente, habría preferido verla por el bufete. —Parecía un poco decepcionado—. Pero la pequeña es diferente a Eugénie o Pauline. No es tan firme. Es una soñadora.

—Tú lo has dicho. Por eso mismo es tan importante que haga algo sensato.

—Pero si es su sueño…

—¿De qué sueños hablas? ¡Por favor, *chéri*! La traducción no da dinero. Todo el mundo lo sabe…

—Pero a ella le encanta la literatura…

—*Franchement*, Antoine. A todos nos gusta la literatura. Tenemos las estanterías llenas de literatura. Pero ¿es razón suficiente para hacer de ello una profesión? Para dedicarse a eso, bien podría unirse a un circo y hacerse trapecista.

Casi la podía ver sacudiendo con desaprobación la melena rubia que le gusta llevar como Catherine Deneuve. A diferencia de papá, que es de Borgoña, mamá nació en

París y eso la convierte posiblemente en el ser más importante sobre la faz de la tierra. Y siempre lo sabe todo a la perfección.

—Exageras, Isabelle.

—Para nada, Antoine. Lo único que quiero es lo mejor para mi hija, y tú también deberías. ¿Por qué no puede elegir una profesión digna? Me tiene preocupada. ¿Qué será de ella? ¡Ay, ya de niña Joséphine era tan testaruda!

Así siguieron un buen rato, mientras yo permanecía apostada detrás de la puerta con las mejillas encendidas escuchando lo que mis padres decían de mí. Me afligió que me creyeran tan poco capaz. Al ser hija tardía —me llevaba casi diez años con mis dos hermanas mayores— había sido siempre la pequeña y al parecer lo seguiría siendo toda la vida.

—Bueno, lo único que nos queda es que por lo menos pille un marido como es debido que le financie esos sueños suyos —le oí decir a mi madre con un suspiro—. Es bastante guapa. Aunque debería hacer algo con urgencia para cambiar su estilo de ropa.

Así las cosas, me temo que he defraudado, y mucho, las expectativas de mi madre, no solo respecto a mi estilo de ropa, sino también respecto a mis parejas. Al contrario que mis dos elegantes y exitosas hermanas, a mis treinta y un años no podía hacer gala de tener un marido como es debido. Tras un par de relaciones con intelectuales de medio pelo y desharrapados, que se distinguían sobre todo por excederse con el café, las peroratas y el tabaco, hacía años que no tenía ni siquiera un novio formal, lo cual era motivo de creciente preocupación en mi familia. Me daba cuenta de las miradas que se cruzaban entre ellos cada vez que aparecía sola en las celebraciones familiares. Esas elocuentes miradas que decían «la pequeña no espabila». Así las cosas, poco a poco, empecé a odiar las reuniones familiares.

—Mamá, ¿por qué la tía Joséphine no tiene marido? —soltó Camille el año pasado durante la cena de Navidad con su voz clara e infantil, mientras me miraba desconcertada con sus grandes ojos azules.

Camille es la adorable y, para mi gusto, exasperante hija de cinco años de Eugénie y Guy. Guy —cirujano plástico y garantía de que su esposa conservará su fabuloso aspecto durante cien años— tiene consulta en una enorme villa de Neuilly, donde también residen. Dos años atrás, completaron la familia trayendo al mundo a otro angelito de pelo rubio, el pequeño César, que, no consciente aún del carácter imperial de su nombre, pringa con sus manitas todo cuanto toca.

De hecho, se le veía tan bien alimentado y tranquilo en su trona que recordaba más bien a un pequeño y rollizo Bruto. Camille, en cambio, era, digamos que desde su nacimiento, una niña cuyo afán de conocimientos parecía no tener fin.

La pregunta provocó un silencio en la mesa. Dejé los cubiertos de plata apoyados en el borde del plato y noté que la sangre se me subía a las mejillas. Empezaba a sentirme como la pariente pobre de una novela de Jane Austen. Pero, por desgracia, no había ningún mister Darcy a la vista.

—Pero Camille —dijo Eugénie reprendiendo dulcemente a su hija—, no seas indiscreta, angelito. Estás avergonzando a la pobre Joséphine.

—¿De qué debería avergonzarse Joséphine? —replicó Pauline, jugueteando con su obligado collar de perlas de abogada—. Tal vez prefiere vivir sola. Quiero decir, sin marido.

—Bien visto —señalé. Tomé un sorbo de vino tinto y dirigí un brindis a los demás—: ¡Bienvenidos, por cierto, al siglo XXI!

Pauline enarcó las cejas de forma elocuente y sonrió; mamá esbozó una mueca de desconfianza. Era como si se le acabara de pasar por la cabeza una idea aterradora, ciertamente difícil de conciliar con la imagen que tenía de una familia de clase alta.

—Pero, si no tiene marido, no tendrá hijos —argumentó Camille, lista como ella sola, con toda razón—. Y yo quiero una primita.

—Se dice «me gustaría», Camille. «Me gustaría tener» —dijo Eugénie, mientras se apartaba un mechón de su melena rubia de la cara con un gesto de incomodidad—. Puede que a la tía Joséphine no le gusten los niños —añadió con tono mordaz.

—Bueno, entonces, cariño, vas a tener que ponerte de acuerdo con la tía Pauline —intervino papá, siempre conciliador y esforzándose por serenar el ambiente. Sonrió amablemente y miró a su segunda hija, que tenía sentada delante—. ¿Qué dices, Pauline? ¿Le vas a dar una primita a Camille?

—Se hará lo que se pueda —respondió Pauline, divertida, mientras dirigía a Bertrand una mirada pícara a través de sus espesas pestañas. Igual que yo, ella tiene el pelo y los ojos oscuros de papá. En cambio, a diferencia de mí, que llevo una melena rizada hasta el hombro y siempre parezco un poco despeinada, Pauline lleva un corte de pelo bob hasta la barbilla que oscila con gracia con cada sacudida de cabeza y cuya perfección resulta algo sobrecogedora.

Bertrand es el marido de mi hermana Pauline. Sus gafas pequeñas de montura dorada y el pelo un poco largo le dan la apariencia de un estudiante, pero, para alegría de mis padres, él no es en absoluto un intelectual pretencioso que se pasa el día en los cafés ni tampoco, como decimos en nuestra familia, vive del aire. Bertrand es profesor de Geofísica en la Sorbona y desde hace poco asesora además al Ministerio de Medio Ambiente, así que con él debo ir con pies de plomo. Siempre hay contactos y en los ministerios también se chismorrea. En casa, Bertrand no tiene ni voz ni voto. Mi hermana es una magnolia de acero y se encarga de todo. En cualquier caso, me da la impresión de que mi cuñado lleva bien esa situación. Con una sonrisa bondadosa, le pasó entonces el brazo por los hombros a Pauline y dijo:

—Bueno..., por mí no habría problema. Pero eso es algo que debe decidir la jefa.

—Bien, entonces, asunto arreglado —dijo papá.

Todos se rieron. Incluso mamá, que parecía haber recuperado la compostura ante la perspectiva de tener un nuevo nieto.

Y seguimos comiendo.

Era asombroso que todo el mundo a mi alrededor se entendiera tan bien. Sin duda, yo estaba fuera de lugar. Y, aunque me esforzaba por recordarme que los héroes de todas las novelas interesantes suelen estar fuera de lugar, en realidad no me parecía ningún consuelo.

Removí con desgana el *confit de canard* con el tenedor. De pronto, mientras los demás hablaban y reían, había perdido el apetito. No era que no quisiera tener un hombre. Ni que no tuviera uno. Ni que prefiriera vivir sola. Y tampoco odiaba a los niños. En cualquier caso, decidí que, si alguna vez los tenía, jamás odiaría a mis propios hijos.

El problema era que no podía hablar de Luc a mi familia. Por diversas razones, nuestra relación debía seguir permaneciendo en secreto. Al menos, así había sido el año pasado, cuando la desdicha me atormentaba en aquella cena de Navidad. Pero todo esto iba a cambiar por fin. Luc me lo había prometido.

«Este año estaré contigo para Navidad —me había asegurado al final del verano—. De manera oficial».

Al decirlo me había contemplado con esos ojos increíbles que tiene, que no son azules sin más; parecen hechos con distintas tonalidades. Los ojos de Luc son mágicos. Magnéticos.

«Créeme —había dicho—. Solo espero a que llegue el momento adecuado».

Y le creí. Otra vez. Sin embargo, en cuanto se hubo marchado, la duda volvió a echar sus redes y, como todos los años, pensar en la Navidad me llenaba de un sombrío desasosiego.

De todos modos, mamá no había acertado en una cosa. Por supuesto que se podía vivir de la traducción. Lógicamente, no en un piso de doscientos cincuenta metros cuadrados en la rue de Bourgogne, donde mis padres residían con opulencia desde hacía muchos años. Pero, en todo caso, sí en una buhardilla estupenda del décimo *arrondissement*, donde en invierno la calefacción, algo destartalada, no siempre funcionaba bien.

«*Mon Dieu*, ¡vives como si aún estudiaras!», había exclamado con consternación mamá años atrás en su primera y única visita a mi casa. En ese instante, contemplé la pequeña buhardilla con sus ojos, y fue como si de pronto un foco brillante lo iluminara todo: los muebles viejos que no acababan de conjuntar; la colcha india de colores brillantes sobre la cama, que, repleta de cojines, hacía también las veces de sofá; el escritorio de madera blanda frente a la ventana; el rincón de cocina debajo del techo inclinado (donde la nevera a veces zumbaba tanto que por la noche la tenía que apagar); el sillón de mimbre del rincón, que estaba un poco torcido…, y, de pronto, me sentí muy mal. Era como si la vida no me fuera bien. Y tal vez era cierto; tal vez me mentía a mí misma y no quería ver la verdad. Pero cuando mamá se fue y la puerta se cerró tras ella, volví a sentirme mejor.

Entonces me preparé un té, saqué de la estantería que había sobre el fregadero la gran taza roja de Iittala con el diseño de unos zorros y unos búhos —un recuerdo del año que pasé en la universidad en Helsinki, donde los inviernos eran tan oscuros y, a la vez, tan llenos de luz, y los veranos infinitos y luminosos—, me senté en mi sillón de mimbre y contemplé mi pequeño reino.

La verdad era que mi piso me gustaba. Mi barrio, con sus callejuelas y tiendas. Mis vestidos *vintage* y mis pañuelos de colores. Y, aunque no ganaba ni de lejos tanto como mis hermanas mayores, salía adelante. Disfrutaba con mi trabajo, mis traducciones eran apreciadas y mi agenda estaba bien repleta de encargos que se alargaban hasta bien entrado el año siguiente.

También aquel lunes que empezó como un día normal de noviembre había estado trabajando hasta bien entrada la noche en una traducción que quería entregar al final de la semana.

Todo iba como siempre y, cuando bajé la escalera todavía un poco adormilada y abrí el buzón, no podía ni imaginar lo que el destino había reservado para mí. Incluso cuando vislumbré los dos sobres entre los folletos publicitarios de rigor y los saqué con curiosidad, nada me hizo sospechar que mi vida estaba a punto de dar un vuelco radical.

En la penumbra de la escalera, cuya luz se apagaba siempre al cabo de unos pocos minutos, di la vuelta a los dos sobres que llevaba en la mano e intenté distinguir los remitentes.

Uno era de la editorial. Debía de ser una liquidación. El otro —un sobre un poco más grande de papel de tina hecho a mano con unas letras grises delicadamente impresas— era de un bufete de abogados que yo no conocía.

Berger & Fils.

¿Qué podía ser?

Mientras subía por la escalera, tuve un mal presentimiento. Aunque soy hija de abogado, siempre me inquieta un poco recibir un mensaje de un ente oficial. ¿Acaso había pasado por alto alguna factura? ¿No había pagado mis impuestos a tiempo? ¿Había hecho algo mal?

No seas ridícula, Joséphine, me reprendí a mí misma al llegar arriba y abrir la puerta de mi piso. Me senté en el sillón de mimbre meneando la cabeza, dejé el sobre del bufete Berger encima de la mesa de mármol rojo y decidí empezar por la carta de la editorial.

Abrí el sobre y leí por encima el escrito, que estaba firmado personalmente por el editor. Por suerte estaba sentada, porque, después de los primeros renglones, sentí que me mareaba.

> Querida mademoiselle Beauregard:
>
> No me resulta fácil escribir esta carta. Lleva usted muchos años haciendo un trabajo excelente para nosotros y siempre hemos estado muy satisfechos con sus traducciones.
>
> Por ello, me aflige doblemente tener que comunicarle hoy que, con gran pesar y tras considerarlo detenidamente, he decidido...

Leí por encima el resto de la carta mientras el corazón me latía con fuerza y luego, aturdida, bajé la hoja.

Robert Lassalle iba a cerrar la editorial a finales de año. La salud ya no le acompañaba como antes, escribía, y una literatura tan de nicho como la finlandesa, que siempre había defendido con ahínco, resultaba cada vez más difícil de introducir en el mercado francés, salvo por unos pocos éxitos excepcionales, como Arto Paasilinna. Hasta entonces, seguía diciendo, había compensado las pérdidas con aportaciones procedentes de su patrimonio personal, pero a esas alturas la situación económica de la pequeña editorial se había vuelto tan precaria que resultaba insalvable. Se había designado ya un administrador concursal para encargarse de todas las cuestiones. Por supuesto, cobraría la traducción en la que estaba trabajando. Por desgracia, todos los demás encargos quedaban cancelados.

Lamento de corazón tener que darle tan malas noticias. Siempre confié en que este día no llegara, pero, sin embargo, aquí está. Hay que saber ver cuándo algo ha terminado.

No obstante, apreciada mademoiselle Beauregard, confío en su gran talento para la traducción y estoy convencido de que pronto conseguirá nuevos encargos.

Permítame además decirle otra cosa que también me digo a mí mismo: todos tenemos miedo, es comprensible, cuando algo toca a su fin. Pero, en el fondo, las cosas nunca terminan de verdad. Simplemente, cambian.

En este sentido, deseo que contemple el futuro con optimismo y que nos volvamos a ver antes de Navidad para despedirnos en persona.

Saludos cordiales,

Robert Lassalle

Me sentía como si me hubieran asestado un golpe en la cabeza. O, mejor dicho, no sentía nada. Un entumecimiento inmenso se había apoderado de mi cuerpo. Pero entonces los engranajes de mi cerebro empezaron a girar y me sobrevino una oleada de pánico. Instantes atrás creía erróneamente que estaba a salvo, que tenía encargos suficientes para el próximo año. Ahora no había nada. Una traducción más y se acabó. Pensé febrilmente en lo que me quedaba en la cuenta. No era gran cosa. Si ahorraba, tal vez alcanzaría para dos o tres meses. Necesitaba con urgencia nuevos encargos, pero ¿cómo? Gemí mientras me llevaba una mano a la frente. La comodidad de haber trabajado prácticamente como traductora en plantilla para Éditions Lassalle ahora me pasaba factura. ¿Cómo había podido ser tan tonta? Ya se sabe que no hay que jugárselo todo a una sola carta.

Me hundí en el asiento. Había disfrutado mucho trabajando con aquella editorial; ahí incluso una traductora como yo conocía al editor en persona y el trabajo no era simplemente recibir un encargo por correo electrónico y devolver la traducción en un archivo en Word un par de meses después. Recordé con nostalgia los agradables encuentros con las dos editoras de mesa, que solíamos celebrar en el edificio de detrás de las oficinas, en la rue des Canettes. Y las divertidas fiestas de Navidad en el restaurante Bonaparte, a las que, como traductora, también estaba invitada. Y el puñado de presentaciones de autores finlandeses que había tenido el honor de moderar. Y todos los éxitos cosechados a lo largo de los años, que habíamos disfrutado todos.

Entonces me di cuenta de que, durante algunos años, Éditions Lassalle había sido un segundo hogar para mí. Un punto de apoyo, no solo desde el punto de vista financiero. En un abrir y cerrar de ojos todo aquello se había venido abajo. No iba a ser fácil hacerse rápidamente con nuevos encargos. Mi «gran talento para la traducción» no iba a ser de gran ayuda por el momento. De nuevo, sentí cómo el temor se apoderaba de mí. El temor que conocen todos los que trabajan por cuenta propia y dependen de los encargos. El temor a perder el medio de vida.

Mi vista entonces se posó en la otra carta, que prácticamente había olvidado. La cogí con dedos temblorosos. ¿Qué podía querer de mí ese tal Berger del que nunca antes había oído hablar?

Abrí el sobre sintiendo que el corazón me latía con fuerza. La carta procedía de un notario de Chablis.

Querida mademoiselle Beauregard:

Lamento tener que comunicarle que su tío, monsieur Albert Beauregard, con domicilio en la residencia St-Julien-de-Sereine, en Chablis...

A petición propia, su tío fue incinerado...

... me encargó el trámite de su herencia. De conformidad con el testamento que obra ante mí, usted es la única beneficiaria...

El tío Albert había fallecido. El hermano mayor de papá, que vivía desde hacía ya muchos años en una residencia de ancianos de Borgoña y que había roto todo contacto con su familia mucho tiempo atrás, había dado su último suspiro tras años de demencia, quedándose plácidamente dormido y sin que le quedara ningún recuerdo de nosotros. Sin embargo, al parecer, antes de su enfermedad el tío Albert había hecho testamento a mi favor. Yo era la única de la familia que le caía bien, y el sentimiento era mutuo. Recordaba muy bien ese verano inolvidable en el que, por un golpe de suerte y porque mis padres no tenían tiempo, me fui de vacaciones con el tío Albert y su casa flotante, navegando tranquilamente por el Sena y parando donde nos apetecía. Yo tenía once años y me encantaban las aventuras. ¿Qué podía haber más emocionante que dormir en un barco? Por las noches nos sentábamos en cubierta bajo las estrellas; el tío Albert se tomaba su vino y me contaba historias mientras el agua chapoteaba suavemente contra los costados de la embarcación. Al llegar a la parte más alta del Loira, habíamos alquilado un coche y explorado algunos de los magníficos castillos situados en medio de los verdes bosques y praderas del idílico valle del Loira. Así era como se llamaba también el barco de mi tío: La Princesse de la Loire. Y, por supuesto, la bella y atrevida princesa del Loira era yo.

Al menos, eso era lo que creía entonces, y el tío Albert nunca lo negó. Durante aquel viaje por el río, veinte años atrás, me había asegurado con una sonrisa que yo, Joséphine, era su princesita del Loira, y a mí me hacía henchir de orgullo que alguien le hubiera puesto mi nombre a un barco.

Después de aquel maravilloso verano, nos perdimos de vista; tal vez porque el tío Albert, como era distribuidor de vinos, vivía en Borgoña y siguió su propio camino, o porque mis padres no le tenían mucho aprecio y arrugaban siempre la nariz cuando se sacaba a colación al hermano de papá que —a saber por qué— era considerado como la oveja negra de la familia. Sin embargo, yo solo tenía buenos recuerdos de mi tío, que me había brindado siempre su apoyo en todo.

Mientras estudiaba le había ido a visitar de vez en cuando, no muy a menudo, la verdad, aunque para entonces él ya vivía en la residencia de ancianos y la enfermedad había empezado a arrebatarle los recuerdos a una velocidad aterradora.

Durante mi última visita me saludó con amabilidad, pero era evidente que no me reconocía. Solo cuando le volví a hablar de nuestro viaje por el río sus ojos vacíos brillaron por un momento. Me acarició el pelo y me dijo con su voz ronca: «*Ah, c'est toi! Ma petite princesse de la Loire*. Princesita del Loira, ¿por fin me has encontrado?». Luego volvió a sumergirse en su mundo y yo salí de la habitación de puntillas.

Ahora, muchos años después, monsieur Isidore Berger me citaba en Chablis para recoger las cenizas de mi tío y hacerme cargo de su herencia, que consistía en una carta y un juego de llaves. Eran las llaves de su vieja casa flotante, que llevaba una eternidad meciéndose solitaria en la orilla del Sena, dejada de la mano de Dios. En pleno París.

Noté que la cabeza me daba vueltas.

En apenas un cuarto de hora había perdido todos mis encargos porque Robert Lassalle había cerrado su editorial. Mi tío favorito había fallecido y todo indicaba que ahora yo era la propietaria de una casa flotante. A todas luces era demasiado para un lunes por la mañana. No puede ser verdad, pensé.

Y, a continuación, rompí a llorar.

2

En cuanto me hube sobrepuesto un poco, intenté ponerme en contacto con Luc, pero él, como tantas otras veces, no contestó al teléfono. Le dejé un mensaje en el contestador rogándole que me devolviera la llamada. «Por favor, llámame, estoy completamente hecha polvo», le dije con voz temblorosa. Luego me dispuse a llamar a papá. Me lo pensé un instante y colgué. De algún modo, me pareció más apropiado ir a su oficina y darle en persona la noticia del fallecimiento de su hermano. Al fin y al cabo, la muerte en sí es siempre una experiencia trascendental y merece un cierto respeto. Y, aunque hacía más de veinte años que los dos no se veían y era obvio que no tenían mucho en común, Albert seguía siendo el único hermano de papá.

Cuando salí de casa y me dirigí a toda prisa hasta la estación de metro de Goncourt para sumirme en la red de transporte subterráneo de la ciudad, llovía a cántaros. Realmente, el tío Albert había escogido el mejor mes para abandonar este mundo. Aquello parecía el día del juicio final y deseé que, ahí donde él estuviera entonces, el tiempo al menos fuera mejor.

Pertrechada con mi paraguas, al poco rato me apresuraba por el boulevard Saint-Germain, que aquel desapacible día de noviembre parecía especialmente desierto.

El bufete Beauregard se encontraba en la parte alta del boulevard, a buena distancia de los encantadores cafés, pastelerías y tiendas de moda surgidos en torno a la antigua iglesia de Saint-Germain-des-Prés y que ejercían un efecto casi magnético en los turistas en cualquier época del año. En cambio, por el tramo que yo recorría entonces, los edificios señoriales solo albergaban elegantes tiendas de muebles y de cocinas, consultorios médicos y bufetes de abogados. En la calle apenas había peatones, y los automóviles pasaban junto a mí haciendo ruido y levantando el agua de los charcos que se habían formado en la calzada. De pronto, un chorro de agua de lluvia salió despedido y me mojó la parte baja del abrigo y los zapatos.

—¡Eh, cuidado! —Sacudí el paraguas con enfado mientras el coche que me había adelantado se marchaba sin la menor contemplación. Me aparté un mechón de pelo mojado de la cara y seguí avanzando penosamente mientras maldecía en voz baja. Sentía que la mano con la que sostenía el mango del paraguas estaba entumecida. Al cabo de unos metros, apareció por fin el portal de madera azul marino del bufete Beauregard y pulsé el timbre de latón.

Papá estaba sentado detrás de su escritorio hojeando un expediente cuando entré en su despacho seguida de cerca por madame Martin, que sonreía disculpándose por no haber podido detenerme.

«Su padre está a punto de intervenir en una importante conferencia telefónica, ¿le importaría aguardar un momentito, mademoiselle Beauregard? —me había dicho en cuanto hube atravesado la puerta que daba al bufete con el paraguas plegado y goteando sobre la alfombra—. ¡Qué tiempo! ¡Pero si está usted empapada! —había añadido mirándome—. ¿Me permite el abrigo? Por favor, siéntese. —Me indicó dos butacas de la antesala—. ¿Un café, quizá?».

La secretaria de mi padre era de una educación exquisita. Le gustaba decir «quizá», como si uno tuviera elección; sin embargo, esa sonrisa imperturbable ocultaba una mujer muy decidida y algo entrada en años, dispuesta a proteger a su jefe de cualquier perturbación.

—No, gracias, madame Martin —respondí pasando junto a ella—. Lo siento, pero es importante.

Papá levantó la vista sorprendido y, al verme asomar por la puerta, se quitó las gafas de leer.

—Su hija, monsieur Beauregard —anunció entonces madame Martin de forma totalmente innecesaria, pasándose la mano por su moño gris—. Le he explicado que usted esperaba una llamada, pero dice que es importante...

—Vale, vale. No pasa nada.

Papá le hizo un gesto de aprobación con la cabeza y me invitó a entrar mientras madame Martin se retiraba discretamente y cerraba tras de sí la puerta tapizada de color verde.

—¡*Bonjour*, Joséphine! —dijo papá con una sonrisa—. ¿Qué te trae por aquí?

Con las manos entrelazadas sobre el escritorio de madera de cerezo revestido de cuero, tenía sus ojos oscuros clavados en mí con amabilidad. Desde luego, no era habitual que yo fuera a visitar a papá en su oficina. Me lo quedé mirando presa de sentimientos encontrados; de pronto, no sabía cuál era el mejor modo de darle la noticia. A fin de cuentas, para mí era la primera vez que notificaba un fallecimiento.

—*Salut*, papá —respondí con voz débil.

—¿Ha pasado algo? —Papá frunció el ceño—. Oye, cielo, estás muy pálida, ¿qué te ocurre?

Se levantó y salió de detrás de su escritorio.

—Ay, papá —le dije—. El tío Albert ha muerto. Lo acabo de saber.

Papá recibió la noticia de la muerte de su único hermano con bastante entereza. «¡Oh, Dios mío! —dijo sin más—. Albert». A continuación, enmudeció y pareció desconcertado. Se acercó a una de las tres ventanas altas con barandillas de hierro y se quedó un rato mirando la lluvia. Me quité el abrigo mojado y lo colgué sobre el viejo radiador que había al lado de la puerta. Luego volví a mirar a papá, que seguía en silencio junto a la ventana. Quizá rememoraba su infancia en Borgoña, cuando él y su hermano mayor corrían entre los viñedos, en la época antes de que sus caminos se separaran y dejaran de verse. No quería perturbar sus pensamientos, pero, al final, me acerqué a él y le posé la mano en el hombro desde detrás.

—Lo siento, papá —le dije.

Se volvió hacia mí y me miró con una expresión difícil de interpretar.

—¿Cómo? Ah, no, no, tranquila, Joséphine. Como sabes, Albert y yo nunca estuvimos muy unidos. Teníamos modos muy distintos… de entender la vida. Es solo que es tan… definitivo. Tal vez debería haber ido a visitarle alguna vez. Por otro lado… En fin, tanto da ahora. Que descanse en paz.

Meneó la cabeza y suspiró. Luego se acercó a la puerta y le dijo a madame Martin que por el momento no le pasara ninguna llamada. «Ha habido una defunción en la familia», añadió como explicación. Acto seguido oí unas palabras de pésame en la antesala.

—Ven, sentémonos aquí un momentito —dijo papá recobrando la compostura; se dirigió al tresillo de color beis que había en un rincón de su despacho, en el que los pasos quedaban amortiguados por una gruesa alfombra azul—. ¿De dónde lo has…? Quiero decir, ¿cómo lo has sabido?

—Por una carta de su notario. Ha llegado esta mañana. Aquí está… —Saqué la carta del bolso y se la entregué—. El tío Albert ya…, bueno, la incineración ya se ha realizado. Él lo dispuso todo —farfullé con timidez mientras reparaba en la expresión de alivio de papá.

Seguramente, después de tantos años, asistir a un entierro en Chablis le habría resultado raro. Por no hablar de mamá, a quien Albert nunca había caído bien. «Parece mentira, Antoine, que ese hombre sea tu hermano —solía decir con tono censurador—. Es un caso perdido. ¿Alguna vez en la vida ha hecho algo sensato?».

Pobre tío Albert. Salvo yo, nadie parecía tenerle un gran afecto. Y ahora había fallecido.

Observé en silencio cómo papá contemplaba la carta del notario.

—Se supone que debo ir a Chablis a recoger la…, eh…, urna. Y, papá, imagínate, el tío Albert me ha dejado su casa flotante en herencia.

Papá asintió. Pero, antes de que él pudiera decir nada, la puerta se abrió y Pauline entró en el despacho.

—¿Quién ha muerto? —preguntó. Madame Martin, sin duda, la había puesto al corriente.

—El tío Albert.

—¡Oh! —dijo Pauline sin más cruzando los brazos—. El bueno del tío Albert. Lo siento. Pero no era tan viejo. ¿De qué ha muerto? ¿Cirrosis hepática?

—¡Pero bueno, Pauline! —Me la quedé mirando con el ceño fruncido—. ¿Cómo puedes ser tan desconsiderada?

—¿Qué pasa? —repuso ella—. Todos sabemos que le gustaba empinar el codo. De hecho, en este sentido, podríamos decir que se encontraba en el mejor de los sitios: un vendedor de vino que a la vez es su mejor cliente…

—Te lo ruego, Pauline —contestó papá—. No hay que hablar mal de los muertos.

—Debería darte vergüenza —le reproché—. El tío Albert estaba enfermo. Sufría de demencia. Llevaba muchos años así. Y no empinaba el codo. Yo, desde luego, nunca lo vi borracho. A fin de cuentas, pasé todo un verano con él…

—¿Qué sabrás tú? Eras una niña.

—Albert le ha legado su casa flotante a Joséphine.

Papá tendió a Pauline la carta del notario.

—¿Te refieres esa barcaza vieja y oxidada en la que solía navegar? —Pauline se sentó con nosotros y hojeó con curiosidad la carta del bufete Berger—. ¡Enhorabuena! —Pasó la página—. ¿Y qué más? ¿Te ha dejado alguna otra cosa? ¿Efectivo? ¿Algunos valores? ¿No? —Enarcó las cejas—. ¿Por qué será que no me sorprende? Es lo que digo siempre: al elegir la profesión hay que andarse con mil ojos.

Esbozó una sonrisa de suficiencia y yo, de pronto, me sentí atacada.

—Deberías escuchar lo que dices, Pauline. Ahí donde otros tienen el corazón, tú tienes una calculadora. ¿Por qué será que no me sorprende? —repuse.

—Sondear el terreno forma parte de mi trabajo. —Volvió a dejar el escrito sobre la mesa y me dirigió una mirada franca—. En cualquier caso, me alegro por ti, hermanita. Eres la única que siempre apoyaste a ese viejo majadero. Además, para una casa flotante como esa, aunque esté un poco destartalada, seguro que encuentras un comprador. Vas a venderla, ¿no?

Decidí no hacer más comentarios sobre ese «viejo majadero» y me encogí de hombros.

—Bueno, supongo que sí. A ver, ¿qué se supone que debo hacer con una casa flotante? —Si dentro de poco no sé cómo voy a pagar el alquiler, añadí mentalmente.

Sin embargo, preferí reservar esa noticia para mí. El estado de mis finanzas no era asunto de nadie. No tenía el menor deseo de oír sermones infinitos de mamá sobre la precaria profesión que yo me empeñaba en ejercer cuando con mi buen expediente académico podría haber llegado a ser cualquier otra cosa. Además, por triste que fuera la muerte del tío Albert, debía admitir que, en una situación tan delicada, para mí era un golpe de suerte que me hubiera legado su casa flotante. Por supuesto, tenía la intención de venderla cuanto antes para así poder tener algún ingreso.

Papá, tras permanecer un rato hundido en su asiento, se espabiló.

—Eso me recuerda una cosa. En caso de que quieras vender esa casa flotante, creo que sé de alguien interesado

—dijo—. Un colega mío mucho más joven, un abogado prometedor y con ganas de ser socio en nuestro bufete, lleva tiempo buscando una casa de esas. En cuanto lo hayas arreglado todo en Chablis, estaré encantado de presentaros. —Se quedó pensando un instante—. Tal vez podríamos almorzar juntos y después le enseñas el barco.

—¿Te refieres a Richard Bailleul? —preguntó Pauline.

—Sí, a él exactamente.

—¡Es una gran idea! —Ella sonrió encantada.

Observé que papá y Pauline intercambiaban una mirada conspirativa y me pregunté qué podía significar aquello.

—Por supuesto, sí, Richard Bailleul sería muy adecuado. —Pauline ladeó la cabeza y su melena se agitó con brío—. Para la casa flotante.

Su sonrisa me confundió.

Cuando por fin salí del bufete de abogados, ya era por la tarde. Había dejado de llover, el cielo empezaba a oscurecer y las luces se reflejaban en los charcos y en los adoquines, que seguían mojados. Por lo que fuera, no me apetecía regresar a casa. A fin de cuentas, después de un día tan lleno de emociones, no iba a poder concentrarme en mi traducción. Además, ¿para qué? Próximamente tendría todo el tiempo del mundo, me dije con amargura; así pues, decidí volver a Saint-Germain para comer algo en el Vieux Colombier.

Luc aún no me había llamado; como tantas veces, debía de haberse pasado el día reunido. Sin embargo, era ya última hora de la tarde y en mi fuero interno tenía la esperanza de que, tal vez después del trabajo, Luc me hiciera un poco de compañía. El Vieux Colombier estaba bastante cerca del séptimo *arrondissement*, que era donde él vivía y trabajaba, pero lo bastante lejos del alcance de sus colegas del ministerio. Era un bistró pequeño y agradable cerca de la iglesia de Saint-Sulpice, y algunas veces habíamos quedado ahí al mediodía.

Empujé la puerta de terraza acristalada con rastreles de color verde y me senté en una butaca de cuero situada en el rincón más alejado del bistró; mientras marcaba el número de móvil de Luc, el corazón me empezó a latir más deprisa. Incluso después de tres años, se me seguía acelerando. A fin de cuentas, no podía saber nunca si mi llamada era inoportuna; siempre era arriesgado llamar a Luc, nadie debía descubrirnos y por lo general solía esperar a que él llamara. Pero, después de todo lo ocurrido ese día, necesitaba hablar con él y deseaba que me abrazara, me consolara y me diera ánimos.

Contestó al instante.

—¿Dígame? —respondió él en tono muy serio y profesional.

—¡¿Luc?! Soy yo, Joséphine. —Bajé la voz sin querer—. ¿Podríamos vernos? ¿Aún estás en el ministerio?

—¡Ah, monsieur Bonnard! Es usted. ¿Qué tal está? —Disimulaba de maravilla—. Bueno, la verdad, estaba a punto de marcharme. —Soltó una carcajada—. ¡Sí! ¡Ja, ja, ja! Hay un momento en que hay que dejar de trabajar, ¿no le parece?

—Estoy en el Vieux Colombier —le dije—. ¿Podrías acercarte por aquí? ¿Aunque sea un momentito?

—¿Hoy? —No parecía especialmente entusiasmado.

—Sí, hoy. Necesito hablar contigo. ¿Por qué no me has contestado? ¿No has recibido mi llamada? Esta mañana he intentado contactar contigo…

—Oh, me temo que va a ser imposible. ¿Qué tal mañana? —Le oí pasar las hojas de su agenda—. ¿O tal vez pasado? Eso me iría mucho mejor.

—Luc —le imploré—, de verdad que es importante. He pasado un día horrible. La editorial para la que trabajo va a cerrar y he perdido todos mis encargos. Y, por si fuera poco, mi tío ha fallecido. Te necesito ahora.

—Sí, ya veo, entiendo —dijo—. Es una situación delicada, pero no hay motivo de alarma. Ya daremos con una solución.

Oí una voz de mujer de fondo.

—¿Qué ocurre, *chéri*? ¿Nos vamos ya?

—¿Es tu esposa? —quise saber.

—Y que lo diga —respondió—. Pero no se preocupe, monsieur Bonnard. Encontraremos una solución. Tiene mi palabra. Oiga, me temo que ahora debo marcharme. Me pondré en contacto con usted más tarde, ¿de acuerdo?

Y luego colgó.

Como siempre. Cuando yo necesitaba a Luc, él no estaba. Nuestra relación era complicada. Desde hacía casi tres años yo era la amante secreta de Luc Clément, un hombre casado, con mujer e hijos y un cargo en el Ministerio de Asuntos Exteriores. Y, prácticamente desde entonces, él me aseguraba que su matrimonio era solo papel mojado, y me decía lo mucho que me amaba y lo contento que estaba de que nos hubiéramos conocido.

Yo también estaba contenta de que nos hubiéramos conocido. En serio, lo estaba. Luc Clément era encantador, educado y tenía un gusto excelente. Era quince años mayor que yo, salía antes del coche y corría a sujetarme la puerta para que bajara y se ponía de pie cada vez que yo me levantaba de la mesa. Me llevaba a restaurantes que no me habría podido permitir: Le Grand Colbert o La Closerie des Lilas. Me regalaba lencería delicada y flores. Y además era atractivo; tenía unos ojos azules que ya me llamaron la atención cuando nos conocimos. Sin embargo, en esa época, me lo había imaginado todo de otra manera.

Me gustaba pensar aún en esa tarde de sábado justo antes de Navidad, en un día tan lluvioso como este, en que yo había salido a pasear por el Passage du Grand Cerf en busca de regalos. Como todos los años, antes había ido a la *pâtisserie* Stohrer —al parecer, la pastelería más antigua de París— y me había comprado un delicioso *baba au rhum*, ese *brioche* dulce y delicado empapado en ron de Martinica con la forma de un gran corcho de champán y que debe su nombre a un cuento de *Las mil y una noches*. Para mí, sin embargo, el *baba au rhum* sabía a Navidad. Se dice que el cocinero Nicolas Stohrer había inventado la receta en la cocina del antiguo monarca de Polonia, Estanislao, que residía en Nancy en una época en la que la gente no se preocupaba por las calorías y en la que el azúcar era considerado un tesoro. Cuando la hija de ese rey se casó con Luis XV, Stohrer los acompañó a Versalles y abrió la primera pastelería de París. El *baba au rhum* se podía comprar en cualquier sitio en Navidad, pero los de Stohrer eran, simplemente, los mejores. Tal vez fuera porque la pastelería no escatimaba en alcohol y bastaba con un mordisco en ese bizcocho blando para notar al instante su efecto estimulante.

Al salir de la tienda con mi cajita rosa, me envolvió una ráfaga de viento húmedo. Me quedé un momento quieta bajo el toldo de color azul oscuro de la pastelería y recorrí con la mirada todas sus deliciosas tartas y pasteles, esperando con ganas el momento de degustar mi *baba au rhum*, que quería comer más tarde en casa. A continuación, seguí mi recorrido por la pintoresca rue Montorgueil mientras en el cielo los nubarrones se cernían sobre mí; cuando, minutos después, llegué al Passage du Grand Cerf, empezaban a caer las primeras gotas.

Aunque también en el décimo *arrondissement*, donde yo vivía, había un pequeño pasaje cubierto, no tenía nada que ver con el magnífico Passage du Grand Cerf, que me fascinaba siempre con su alto techo de cristal en forma de pirámide, sus lámparas antiguas y sus originales tiendecitas situadas en el centro del barrio de Montorgueil. La lluvia se precipitaba con fuerza sobre el techo de cristal, del cual pendían unas luces navideñas en forma de cascada, mientras yo me paseaba sin mojarme frente a los escaparates decorados, en los que no solo se exponían ropa y joyas. Había una tienda estupenda de telas, e incluso otra de lanas con montones de ovillos de todos los colores.

Compré animadamente algunas cosillas aquí y allá; al terminar, tenía las manos llenas de bolsas de papel decoradas con lazos y cintas y decidí rematar la compra tomando un Aperol en Le Royale.

Este pequeño café de estilo *art nouveau*, con su magnífica barra de madera, los azulejos decorados con flores, las lámparas colgando del techo como flores abiertas y retratos de mujeres de estilo Alfons Mucha en las paredes, estaba muy frecuentado esa tarde. Recorrí el establecimiento con la mirada y atisbé un asiento vacío en una mesita entre la ventana y la barra, donde había un hombre sentado leyendo el periódico.

—*Permettez-vous?* —le pregunté. Él dobló el periódico y me miró con esos ojos suyos asombrosos.

—Desde luego —dijo—. Por favor, tome asiento. Aquí hay sitio suficiente para usted, mademoiselle, y... —dirigió una mirada divertida a las bolsas que llevaba— también para todos sus regalos. ¿Compras para Navidad?

Asentí y le devolví la sonrisa.

Y así empezó nuestra historia. Con una sonrisa.

¿Acaso no empiezan así todas las historias de amor?

No puedo alegar que Luc me haya engañado.

Llevaba una alianza, pero eso no impidió que flirteáramos un poco esa tarde. Me hizo algunos cumplidos, mi trabajo le pareció interesante, me preguntó autores que pudiera recomendarle. Me hizo reír, resultaba simplemente encantador; volcó sin querer mi copa, me preguntó si le permitía pagar mi Aperol, si me tomaría otra copa con él, si podría volver a verme, y dijo que hacía mucho tiempo que no se lo pasaba tan bien.

—Me parece que somos almas gemelas —dijo al final poniéndose la mano en el corazón con un ademán gracioso. Me pidió el número de teléfono y yo sonreí y se lo apunté en un posavasos, que él se metió contento en el bolsillo—. Te llamaré —aseguró.

Cuando nos hubimos despedido frente a Le Royale y él volvió a hacer un gesto de adiós levantando la mano antes de desaparecer dentro del Passage, mis ojos repararon en el letrero del restaurante del edificio vecino: LE PAS SAGE. Sin embargo, yo solo leí «pas sage», «imprudente».

Pas sage. Debería haber interpretado aquello como una advertencia.

No, lo que hacía no era ni sensato, ni juicioso. Era imprudente.

De todos modos, lo hice.

¡Cuántas novelas habría leído y traducido que trataban precisamente de ese tipo de relaciones, las cuales suelen acabar de forma muy desagradable! ¡Cuántos dramas de la literatura universal se han nutrido de esta desastrosa constelación! Un hombre casado y su amante. Eso no acababa bien ni siquiera en las comedias, porque al final el marido infiel regresaba siempre con su esposa, que lo perdonaba con magnanimidad.

Pero mi caso era distinto, simplemente lo notaba.

Luc deseaba separarse de su mujer, que de todas formas había dejado de quererlo. Lo había deseado desde el principio. Ya cuando nos besamos por primera vez en el Jardin des Plantes, me dijo que a partir de entonces solo aspiraba a una cosa: a estar conmigo. Sin embargo, hasta que él no lo hubiera arreglado todo, íbamos a tener que ser discretos.

Asentí de buena gana. Para mí, ser discreta no era un problema.

Cuando se lo conté a Cédric, él me miró con lástima.

—Joséphine, Joséphine —dijo levantando el índice con gesto reprobador—. ¿Te has vuelto loca? Espero que no estés de verdad enamorada de ese hombre. Estas cosas solo funcionan si las dos personas están casadas. De lo contrario, tú siempre tendrás las de perder. De verdad, ¿qué puedes esperar de un hombre casado de su posición, con una esposa y dos hijos? Nunca se separará.

—Tú no tienes ni idea —dije—. Ya lo verás.

Así pues, Luc y yo llevábamos tres años soñando con una vida en común en la que no tuviésemos que hacer llamadas tan impropias como la que acabábamos de mantener; en la que él no me soltara la mano en cuanto salíamos a la calle; en la que no se quedara con la mirada clavada en la puerta cada vez que íbamos a un restaurante por temor a que nos descubrieran.

—Quiero que lo sepa por mí —decía siempre—. Tú lo comprendes, ¿verdad, *mon amour*? Cualquier otra cosa sería indigna después de tantos años de matrimonio. Dame un poco más de tiempo. Me gustaría poder separarme amistosamente de Agnès. Además, es lo mejor para los niños.

Al principio, le concedí ese tiempo de buen grado. Cuando una relación empieza, siempre somos generosos. En honor a la verdad debo decir que me resultaban increíblemente excitantes las llamadas telefónicas entre susurros, los besos robados en los parques y cafés que solíamos frecuentar, las citas clandestinas en el hotel o, a veces, en mi piso. Todos nuestros encuentros estaban llenos de pasión, todas las noches que yo podía pasar con Luc porque su mujer se había marchado con los niños a la casa de vacaciones de la Bretaña o porque él tenía una cita eran una fiesta. Sin embargo, poco a poco ese juego del escondite me iba resultando cada vez más insoportable. Sobre todo siempre que la Navidad volvía a estar próxima, le recordaba sus palabras a Luc. En el primer año de nuestra relación, sin embargo, la madre de su mujer falleció y Luc tuvo reparos en abandonar en ese momento a Agnès, que claramente había caído en una depresión.

En el segundo año, había sido su hijo quien atravesaba una fase muy difícil. Había llegado a la adolescencia, fumaba porros, tenía ataques de ira y conducía el coche de su madre sin haberse sacado el carnet de conducir.

—Me temo que vamos a tener que armarnos de paciencia —dijo Luc con tono abatido mientras me ponía una preciosa cadena de oro con un corazón de rubí que me había traído a modo de regalo poco antes de las fiestas—. Ahora no la puedo dejar en la estacada.

—¿Me estás diciendo que de nuevo no podré contar contigo? —pregunté algo confusa mientras en silencio me felicitaba por no haber hablado de Luc en casa—. Me lo prometiste, Luc.

—Lo sé. —Me miró compungido, pero al menos yo tuve el suficiente amor propio para arrojar al suelo su cadena y echarlo de mi piso.

—¡Hasta aquí hemos llegado! —grité—. No quiero volver a verte.

Deseaba romper con él, estaba decidida a hacerlo. Durante cuatro semanas no supimos nada el uno del otro, pero entonces él volvió a llamarme y me pidió vernos por última vez en el Hôtel du Nord, donde en tantas ocasiones nos habíamos citado; me pidió perdón y comprensión; dijo que se encontraba en una situación muy delicada a causa de los niños; que le destrozaría el corazón, que no sabía qué hacer. Y allí me pilló de nuevo. A fin de cuentas, no soy una desalmada. Y, aunque seguía confiando en que al final todo se arreglaría, me daba cuenta de que, cuando no podía contactar con él, me volvía más irritable. De vez en cuando discutíamos, pero de algún modo él siempre lograba embaucarme. En cuanto le tenía cerca y me abrazaba, todo quedaba olvidado. Entonces solo estábamos él y yo. Y ahora nos encontrábamos a las puertas de la Navidad que —si había que creer lo que Luc decía— por fin celebraríamos juntos.

Estuve un buen rato sentada en el Vieux Colombier. Pedí un *croque-monsieur*, a continuación una *mousse au chocolat* y luego otra copa de vino más, mientras esperaba a que Luc llamase.

Hubiera preferido enviarle un mensaje, pero Luc insistía en que no dejara ningún rastro por escrito. Él incluso tenía mi número de teléfono guardado bajo el nombre de un colega ficticio.

—A veces te comportas como si fueras un agente secreto —le dije en una ocasión con una sonrisa—. Por Dios, ¿es para tanto?

—Tú no sabes cómo es Agnès —repuso Luc—. Esa bruja es capaz de revisarme el móvil. Es extremadamente celosa y, cuando se enfada, es capaz de cualquier cosa.

Se me quedó mirando de forma elocuente y, de pronto, se alzó ante mí una Medea que mataba a sus hijos como venganza.

—Realmente ya va siendo hora de que te deshagas de esa persona tan espantosa.

—Sí. Ya es hora —contestó él y me besó la mano—. No todo el mundo puede ser un ángel como tú.

Me disponía a pagar la cuenta cuando me sonó el teléfono. Era Luc.

—Soy yo —dijo con una voz algo ronca—. Lo siento, pero no me he podido escapar antes. Agnès ha venido a recogerme al trabajo por sorpresa y me ha arrastrado a tomar algo con su muermo de amiguitas.

—¿Y ahora dónde estás? Tu voz suena rara.

—De nuevo en casa. Estoy en el baño, en el piso de arriba, no puedo hablar mucho rato —susurró—. Lo siento, eso de tu tío y lo del trabajo. Pero todo se arreglará.

—¿Entonces hoy no te veré?

—No, imposible. ¿Cómo hacerlo? Ahora ya no puedo salir de aquí.

—¡Oh, Luc! —dije—. Me habría gustado tanto verte. Hoy ha sido un día absolutamente horrible para mí, ¿sabes? Estoy tan... confundida.

—Sí, lo sé, nena. Pienso en ti. Te veo mañana. O pasado. Te llamaré. Que descanses.

—Tú también —repuse decepcionada, y por un instante vi al Luc de entonces, sonriendo feliz, saludándome y exclamando: «¡Te llamaré!», antes de desaparecer por el Passage du Grand Cerf.

Al final, quien me consoló y animó fue Cédric.

—¡Oh, vaya palo! —me dijo con cariño cuando le llamé—. Pobre Joséphine. Pues claro que tengo tiempo. ¿Te apetece venir a casa?

Media hora más tarde, estaba sentada con las rodillas

recogidas en su enorme sofá cama de diseño de color gris claro y con cojines decorativos de color fucsia, mordisqueando unos pistachos que Cédric me había ofrecido además de una copa de pineau.

—Cuéntame —dijo arrellanándose en el otro extremo del sofá—. Pero lo primero es lo primero. Por teléfono estabas tan nerviosa que no lo he podido entender bien. Tenemos tiempo de sobra. Hoy Augustin no llegará hasta tarde. Es el cumpleaños de uno de sus compañeros de trabajo y tenían intención de ir a la discoteca para celebrarlo. La verdad, la juerga de hoy me parecía demasiado. Y el tiempo, demasiado asqueroso. Esta lluvia eterna me deprime. —Sonrió y cogió su pitillera de plata de la mesa de cristal—. ¿Te importa?

—Claro que no. —Asentí y tomé un sorbo de mi pineau, mientras notaba cómo poco a poco me iba calmando.

Augustin, que trabajaba como diseñador gráfico en una agencia, era siete años mayor que Cédric. Era un ave nocturna y le encantaba salir a bailar; a Cédric, en cambio, le gustaba aprovechar las primeras horas de la mañana para escribir su popular columna semanal en el periódico, apropiadamente llamada *Le Flâneur,* «el paseante». En esos artículos exponía reflexiones inteligentes e ingeniosas sobre las cosas grandes y pequeñas que descubría en sus paseos por París. Cédric y Augustin se llevaban muy bien y hacía muchos años que eran pareja. Siempre que podían, viajaban a Italia, su país favorito, y regresaban con espejos de plata antiguos de Verona y coloridas especias del Campo de' Fiori de Roma. Las reuniones con ellos eran divertidas, simples e inspiradoras, con una botella de champán a mano, y la voz áspera de Amy Winehouse o de la inconfundible soprano Maria Callas sonando por el altavoz Bose que colgaba de la pared como si fuera un platillo volante. De vez en cuando, Cédric, a quien en su tiempo libre le gustaba cocinar, organizaba cenas fastuosas para unos cuantos amigos; entonces, en la mesa del comedor, que era de color rojo *sang-de-boeuf*, lucían los platos más deliciosos, con enormes candelabros de plata con velas encendidas, como en un castillo, y platos y fuentes decorados con flamencos rosas, palmeras y flores exóticas.

Augustin, por el contrario, prefería comer a cocinar. Era un glotón voraz y se encontraba en lucha constante contra los kilos de más. Sin embargo, cuando había que reparar algo, estaba dispuesto a ayudar. Augustin me caía bien: comparado con el esbelto y siempre elegante Cédric, su complexión robusta, sonrisa amplia y el pelo muy corto y oscuro le daban la apariencia de un policía de película francesa. Sin embargo, en ese momento me alegraba tener a mi amigo del alma solo para mí. Este se encontraba sentado bajo una enorme fotografía enmarcada de Romy Schneider, mirándome atentamente, mientras que Nana, su gata pelirroja, se había acomodado en la silla Eames que había junto a la ventana.

Así pues, le hablé de las dos cartas, de la repentina cancelación de todos mis encargos, de mis sombrías visiones del futuro, de los remordimientos que sentía respecto al tío Albert, de mi visita al despacho de mi padre y, por supuesto, de la casa flotante en la que ahora tenía puestas todas mis esperanzas.

Cédric me escuchaba atentamente. De vez en cuando daba una calada a su pitillo y dejaba oír suspiros de apoyo.

—¡Menudo día, *darling*! —dijo al final—. ¡Menudo día! Realmente lo has pasado mal. Pero, bueno, después de todo… Una casa flotante. No está nada mal. En este momento, esas viviendas están muy buscadas, seguro que te la quitarán de las manos. Si ese joven abogado conocido de tu padre no estuviera interesado, ya preguntaré por ahí.

—Evidentemente, no sé en qué estado se encuentra —objeté—. Puede que la barcaza esté ya tan mal que no se pueda navegar con ella.

—Eso da igual. —Cédric hizo un gesto de rechazo—. Hay quien considera *très chic* tener una casa flotante, ya sea como segunda residencia en el Sena o como nidito de amor. —Sonrió pensativo—. Eso te dará un buen dinero. Has nacido de pie, Joséphine. Así que deja ya de lamentarte.

—Bueno, si tú lo dices. —Empezaba a sentirme mejor. Hablar con Cédric siempre hacía que todos los problemas parecieran un poco más pequeños.

—¡Un brindis por el tío Albert! No le conocí, pero parece que era un buen tipo.

Cédric se pasó los dedos por su cabello rubio y levantó la copa.

—Lo era. Por el tío Albert —repetí, y chocamos nuestras copas—. No sabía que las casas flotantes ahora estuvieran tan buscadas —dije mientras abría un pistacho.

—¡Sí, y tanto! —Cédric pasó la mano por el mullido pelaje de Nana, que ahora había saltado junto a él en el sofá y ronroneaba complacida con los ojos entrecerrados—. Hay varios cafés ubicados en casas flotantes de París, incluso el Rosa Bonheur tiene ahora una sucursal en el Sena.

—¿En serio? —El Rosa Bonheur era un restaurante encantador situado en el Parc des Buttes-Chaumont que se había convertido en un objeto de peregrinación, y no solo por las novelas de Virginie Despentes protagonizadas por Subutex. En verano, uno podía sentarse en su terraza bajo unas bombillas de colores y admirar las luces de la ciudad que refulgían a sus pies.

—Sí, se llama Rosa Bonheur sur Seine —explicó Cédric—. Pero, oye, tú ya no te enteras de nada, ¿eh?

—No, si estoy metida en una traducción.

—Ahora las casas flotantes acogen librerías, cines, viviendas de Airbnb y hasta una piscina.

—¿Una piscina?

—Sí. ¿No has ido nunca a la piscina Joséphine Baker, cerca de la Biblioteca Nacional? Fui un par de veces el verano pasado con Augustin. Es increíble. —Cédric se metió un pistacho en la boca y sonrió—. Lástima que ya exista una casa flotante llamada Joséphine; si no, podrías quedarte con el barco de tu tío y abrir tu propio restaurante. Sería un proyecto de futuro.

Se echó a reír.

—¿Bromeas? Tú sí podrías abrir un restaurante, pero yo desde luego que no. Los clientes no volverían jamás. Ya sabes que no sé ni cocinar ni hornear.

—Vaya sí lo sé. —Cédric hizo una mueca—. Aún recuerdo esa atroz *galette des rois* que hiciste por mi cumpleaños.

Me eché a reír avergonzada. También yo me acordaba de cómo, en un exceso de confianza en mis capacidades, había querido sorprender a mi amigo por su cumpleaños, el día de Reyes, con el dulce tradicional para esa festividad, cuya receta no parecía demasiado difícil. Aquel fue mi primer y último intento.

—La base estaba tan negra que tuve la impresión de estar comiendo carbón —continuó Cédric, poniendo los ojos en blanco—. No, no, tienes razón, lo mejor es que vendas el barco. Así todos estaremos a salvo.

Se reclinó en su asiento y Nana saltó a su regazo.

Ensimismada, miré por la ventana el agua con las luces reflejándose en ella. Un barco de recreo se deslizaba plácidamente por el estrecho canal y desaparecía bajo el puente de Amélie.

—Espero que esa casa flotante todavía sea habitable. Al fin y al cabo, lleva años dejada de la mano de Dios. Tal vez tenga goteras enormes o moho en las paredes, y puede que antes requiera una remodelación completa. —Me encogí de hombros—. El problema es que ahora mismo no tengo el dinero necesario.

—Ay, *darling*, ¡cómo te complicas la vida! ¿Por qué no les pides a tus padres potentados una inyección de *cash*? A ver, no es culpa tuya que tu cliente principal haya quebrado. Mi abuelita siempre decía: ceder en vida. Y eso hizo. Sin mi querida abuela, yo no habría podido pagar este piso.

Sonrió.

Yo negué con la cabeza.

—No, Cédric, no quiero eso. De ninguna manera. Si lo hiciera, volverían a verme como la Cenicienta. Si mi familia se entera de que he perdido el trabajo, de nuevo todos empezarán a rumorear sobre mí.

—¿Y qué? Eso le puede pasar a cualquiera —dijo Cédric.

—Es posible, pero solo me pasa a mí. —Me contemplé las manos con detenimiento—. Mi familia piensa que soy una fantasiosa. No estoy de humor para las recriminaciones que tendría que volver a oír. Por otra parte, la situación de mis padres tampoco es tan acomodada. Compraron el piso hace mucho tiempo. Hoy en día no podrían permitirse un palacio como aquel. Mamá lleva más de diez años sin trabajar, desde ese estúpido tema del eccema en las manos.

Y papá tampoco va a querer continuar para siempre. Al fin y al cabo, el año que viene va a cumplir setenta años; eso sin contar con que mi hermana arde en deseos de hacerse cargo de la empresa.

De pronto, me vino a la cabeza la expresión de asombro de papá de esa mañana. «Es tan definitivo», había dicho. Tal vez con ello no se refiriera ni siquiera a Albert. Sin duda, la muerte de su hermano le había hecho pensar en su propio final. Cuando muere alguien de la propia generación, uno probablemente se plantea sin quererlo cuándo le llegará el momento. Mamá era distinta. Ella ignoraba la muerte y creía que era algo que sobre todo les pasaba a otras personas. Todas las mañanas hacía gimnasia y se había propuesto vivir hasta los cien años. Y si realmente lo lograba, algo que yo le deseaba de corazón, tendría que vivir de sus ahorros durante mucho tiempo.

—No me queda más remedio que ver cómo me las apaño sola, Cédric —insistí—. Gracias por escucharme, me siento mucho mejor. Ahora voy a ir a Chablis para arreglar los papeles de la herencia. Luego, me presentaré para algunos encargos. Seguro que encuentro algo.

—Seguro —se mostró de acuerdo Cédric—. Conozco a un par de personas del mundo editorial. En cualquier caso, diré a todo el mundo que en la plaza Sainte-Marthe hay un traductora excelente que aún tiene algunos huecos.

—Eres un tesoro. Como siempre.

Cuando nos despedimos, era bastante tarde.

—Si necesitas compañía para ir a Chablis, dímelo. Este *flâneur* siempre está dispuesto.

—Es todo un detalle, pero creo que podré arreglármelas sola —le contesté.

—Hablando de estar sola. ¿Qué tal ha reaccionado ese maravilloso novio tuyo ante lo ocurrido? —quiso saber Cédric—. Él también podría cuidarte un poquito.

—Y lo hace —repuse—. Como sabes, es un hombre muy ocupado.

—Eso es lo que dicen todos. —Cédric me guiñó un ojo—. ¿Y cuándo podré conocer a ese hombre tan ocupado? Es decir, como tu mejor amigo. A fin de cuentas, lo vuestro ya hace tiempo que dura.

—Pronto —dije—. Antes de Navidad.

Cédric inclinó la cabeza y me miró con una extraña sonrisa.

—Realmente eres una fantasiosa, Joséphine —dijo—. No permitas que siempre te dé largas. —Me clavó cariñosamente el dedo índice en las costillas—. Vas a tener que darle un ultimátum a ese Luc. Si no lo haces tú, lo haré yo.

—No te preocupes, ya me encargo yo —contesté dándole a Cédric dos besos en la mejilla—. Palabra.

Adopté una actitud optimista y, de hecho, era como me sentía en ese instante. Sin embargo, en cuanto salí de la casa junto al Quai de Valmy y empecé a andar en medio de la oscuridad a lo largo del canal Saint-Martin, sobre el que se reflejaban las luces de las farolas antiguas y por cuya corriente las últimas hojas de otoño, que el viento había arrebatado a los árboles, se deslizaban con suavidad, de pronto me sentí completamente perdida.

Subí los escalones de uno de los puentes de hierro antiguos para cruzar al otro lado; entonces me detuve en la mitad, me incliné sobre la barandilla y contemplé el canal, que transcurría por allí tranquilo y silencioso. Me quedé un rato contemplando aquella hermosa imagen que, a la vez, me hacía sentir melancólica. Levanté la mirada hacia la fina hoz de la luna, colgada en lo alto del cielo oscuro como recién sacada de un cuento de *Las mil y una noches*, y deseé que Luc estuviera junto a mí.

3

Al cabo de tres días, cruzaba en coche las viñas del cantón de Chablis. En aquella época del año, la región, tan verde en otras estaciones, se mostraba desnuda y muy poco atractiva. Franjas de tierra de color claro con vides de madera oscura y nudosa que se extendían por suaves laderas hasta el horizonte alternaban con prados de color verde pálido y árboles sin hojas. El cielo bajo, plomizo, se cernía sobre el paisaje mientras yo iba avanzando kilómetro a kilómetro con el viejo Citroën que Cédric me había prestado amablemente para el viaje.

Había salido de París muy temprano. Al cabo de unas dos horas, asomaron las dos torres de piedra circulares de la Porte Noël —que reconocí por mi última visita—; con sus tejados cónicos puntiagudos, custodiaban la entrada de la pequeña ciudad. Circulé a paso de peatón por las callejuelas del casco antiguo, entre casas medievales de tejados de color rojo oscuro y bodegas de viticultores, cuyos carteles me invitaban a degustar el chardonnay que se cultivaba en la región.

El bufete Berger & Fils se encontraba justo detrás de la pequeña iglesia de Saint-Martin, en el primer piso de un edificio antiguo con entramado de madera. Llamé al timbre junto a la placa de latón de la puerta con cierto temor.

Isidore Berger, un hombre menudo, entrado en años, de ojos vivos y apretón de manos firme, me saludó cortésmente y me invitó a pasar a su despacho. No hubo café, y la lectura del testamento, que, según me contó el notario, mi tío había redactado muchos años antes de su muerte, cuando aún no vivía en la residencia de ancianos, fue extrañamente sobria. Monsieur Berger leyó en voz alta las últimas voluntades de Albert Beauregard, por las que me designaba única heredera de sus bienes. Además, mi tío había dispuesto que sus cenizas fueran esparcidas en el castillo de Sully, a orillas del Loira.

—Esta tarea, por lo tanto, recae ahora en usted, mademoiselle Beauregard —dijo monsieur Berger, levantando un momento la vista—. Doy por hecho que usted cumplirá los últimos deseos de su tío, ¿verdad?

—Sí, sí, por supuesto —farfullé—. Me encargaré de ello.

Los pocos objetos cotidianos que el tío Albert había utilizado hasta el final de su vida, entre ellos una silla de ruedas, los había dejado a la residencia de ancianos.

Tuve que firmar algunos documentos y, a continuación, monsieur Berger me entregó la escritura de la casa flotante, un juego de llaves y un sobre cerrado que contenía una carta de mi tío. Finalmente, me confió la urna, que estaba metida en una caja de cartón.

—Mi más sentido pésame —me dijo.

Le di las gracias un poco azorada, el notario me deseó lo mejor y se despidió con una leve inclinación. Todo el procedimiento duró apenas una hora.

Salí del bufete con un leve aturdimiento, así que fui a sentarme en una cafetería cercana a la iglesia. Necesitaba un café con urgencia. En cuanto la camarera hubo desaparecido de nuevo detrás de la barra, abrí vacilante el sobre, que llevaba mi nombre escrito con una caligrafía angulosa. Leí con el corazón palpitante las palabras que el tío Albert me había dedicado hacía tanto tiempo.

¡Mi pequeña y querida Joséphine!

No, probablemente no seas tan pequeña cuando recibas esta carta, aunque ahora te veo así, como eras entonces, cuando emprendimos aquel gran viaje. Una niñita de coletas oscuras y sonrisa pícara. Te sentías feliz de estar en el barco conmigo, y yo también. A pesar de que me torpedeabas a preguntas. En fin, espero haberte podido dar algunas respuestas útiles. Siempre he llevado una vida libre y sin ataduras, nunca he tenido familia propia, pero aquel verano contigo me permitió entrever lo que podría haber sido tener una. No he acumulado grandes riquezas para repartir al final de mis días. Lo que tenía, lo gasté, y lo que aún me queda probablemente lo voy a necesitar en los años por venir. Pero me gustaría que conservaras mi casa flotante como recuerdo de tu tío, que ciertamente en su vida no lo hizo todo bien, pero varias cosas sí. Mi último voluntad es que esparzas mis cenizas en el castillo de Sully. Mi corazón debería descansar allí donde el Loira luce dorado al sol del atardecer, no me preguntes por qué.

La vida es un viaje, siempre avanza de algún modo, y, al final, todos los ríos desembocan en el mar, donde todos los destinos se encuentran y se une por fin todo cuanto está llamado a permanecer unido. A mí, esta idea me resulta tranquilizadora.

Cuídate, Joséphine, no dejes de ser la que eres. No des muchas vueltas a las cosas. Y si la felicidad se cruza en tu camino, no dudes y agárrala con las dos manos. No dejes escapar el momento decisivo. Te deseo todo lo mejor y que en el amor seas más afortunada que yo. Tómate una copa por mí, ya sabes lo que siempre he dicho: *in vino veritas*, y recuerda una última vez a tu viejo

TÍO ALBERT

Conmovida, aparté el escrito y rememoré durante un rato las amables y a la vez algo desconcertantes palabras de mi tío. ¿Qué quería decir deseándome más fortuna que la suya en el amor? ¿Qué podía haber en ese castillo del Loira que yo recordaba muy vagamente? Me emocionó que él se acordara de nuestro verano juntos con el mismo cariño que yo. Que para él también hubiera sido algo especial. Y que me hubiera cedido su posesión única y más valiosa: su casa flotante, que para entonces yo sabía anclada en París, en algún punto entre el puente de la Concorde y el puente Alexandre III.

Desde la iglesia me llegaron unas campanadas solitarias. Eran las doce. Pedí una quiche y una copa bien llena de chardonnay y brindé por el tío Albert, cuyas cenizas estaban, inexplicablemente, en una urna a mi lado.

Entonces llamé a Luc.

—Bueno, ¿ha ido todo bien? —preguntó—. ¿Ya estás de vuelta en París?

—Sí y no —dije—. Solo quería llamarte un momentito. Ya he ido al notario, sigo en Chablis. Pero me marcharé ahora.

Le expliqué en pocas palabras mi entrevista con Isidore Berger.

El día anterior había visto a Luc. Se había pasado por casa después del trabajo con un ramo de rosas. Yo no tenía ni la menor idea de qué excusa le podía haber dado a su esposa esta vez, pero me daba igual.

—¿Aún estás enfadada conmigo, *mon amour*? —me había preguntado con una sonrisa contrita—. Me he pasado todo el tiempo pensando en ti. De verdad que no he podido venir antes.

—Nunca estás cuando te necesito —le reproché—. No tienes ni idea de todo lo que ha ocurrido.

—Pero ahora estoy aquí, ¿o no?

Me atrajo hacia él y, como siempre, la alegría de verle se impuso. Recordé entonces las palabras de Cédric y me deshice de su abrazo. Cogí las flores y las fui colocando una a una en el jarrón.

—Tenemos que hablar —dije.

—Sí, sí, claro —respondió sonriendo—. Eso también lo haremos. Después. —Me besó. Y luego me volvió a besar—. Dios mío, pero qué guapa eres, Joséphine. Con esa cinta roja en el pelo. Como una reina. Podría pasarme el tiempo mirándote.

Tuve que sonreír.

—Pues, si es así, haz por fin algo para poder pasarte el tiempo mirándome, Luc. Porque eso no está en mi mano.

—Lo sé, lo sé —dijo—. Tienes razón. —Jugueteó con los botones de mi blusa y me empujó suavemente hacia la cama—. Es todo culpa mía. —Volvió a besarme.

—Debes hablar con ella de una vez—protesté, mientras Luc me quitaba la blusa y deslizaba sus manos por debajo de mi sujetador.

—Lo haré —murmuró mientras su cabeza desaparecía entre mis pechos.

—Sí, pero ¿cuándo? —musité con un gemido al notar cómo perdía mis fuerzas mientras él me apretaba delicadamente sobre la cama, rozándome el ombligo con sus labios y abriéndose paso entre mis piernas.

Luc podía ser muy persuasivo. Era un amante atento y sabía lo que me gustaba. Así que, en vez de discutir, acabamos haciendo el amor en mi cama amplia repleta de cojines. Luc me colmó de caricias, estrechó su cuerpo contra el mío y, al poco rato, sus abrazos apasionados alejaron de mí cualquier pensamiento perturbador.

Luego, al rato de habernos soltado, le leí la carta de monsieur Lassalle, que días atrás me había provocado aquel pánico tan terrible. Además, por supuesto, le conté lo de la herencia y la casa flotante.

Luc se recostó satisfecho en los cojines con una copa de vino en la mano. No parecía muy impresionado.

—No entiendo a qué viene tanto alboroto —dijo—. ¿Fue esto lo que te inquietó de ese modo? Creí que era cuestión de vida o muerte. —Se echó a reír—. Seguro que monsieur Lassalle te recomendará a otras personas. Pronto recibirás nuevos encargos. ¿Dónde está el problema?

—Tú no lo entiendes, Luc —repuse—. Te pasas el día sentado en tu puesto seguro en el ministerio y cobras tu sueldo cada mes. No puedes ni imaginarte lo que es tener que luchar por cada encargo. Y eso sin contar con que, como traductor, uno no gana precisamente millones...

—Es posible —admitió, aunque tuve la impresión de que no acababa de tomarse en serio mis preocupaciones—. Pero ¿quién necesita millones? —Sonrió—. A ver, en serio... Querida Joséphine, tú siempre lo ves todo muy negro. Seguro que las cosas se arreglan. —Miró la hora de soslayo—. Y eso de la casa flotante es fantástico. Ya me gustaría a mí que me apareciera de la nada un tío rico en el preciso instante en que es necesario. ¿No te hace ilusión?

—Sí, claro —dije—. Mucha, incluso. Todo esto sigue pareciéndome muy irreal. Pero sí. Mañana iré a Chablis y ya se verá. —Tras pensarlo un momento, le di un golpecito en el pecho con el dedo índice—. ¿Te apetecería venir?

—Apetecer, sí que me apetece. Me encantaría hacer una excursión al campo contigo. —Luc me tomó la mano y empezó a besarme uno a uno todos los dedos—. Pero no puedo escaparme. Tenemos reunión. —Resopló con pesar—. Sí... Contar con un puesto seguro en el ministerio presenta sus inconvenientes. No puedes ir y venir a tu antojo.

—Sí, lo sé. Era solo una pregunta.

—Nos vemos en cuanto regreses de Chablis. Y entonces me enseñas tu casa flotante. Tengo ganas de verla.

Se incorporó, sacó las piernas de la cama y fue a coger sus calzoncillos.

—Se está haciendo tarde, *mon amour*. Debo irme. Por desgracia.

Me puse la bata y lo acompañé hasta la puerta.

—¿No puedes quedarte un poco más? —Lo abracé por el cuello y puse mis pies descalzos sobre sus zapatos para intentar retrasar la despedida.

—Hasta mañana, pequeña. —Me dio un beso rápido—. Ya hablamos.

No le solté y volví a besarle. Él se libró de mi abrazo con una sonrisa.

—Bueno, cariño mío, nada de despedidas largas. Vuelve rápido a la cama que podrías pillar un resfriado. —Salió al pasillo y se giró otra vez hacia mí.

—Llámame cuando hayas regresado de Chablis, ¿vale? *Bonne nuit!* Y no des tantas vueltas a las cosas.

Lo vi bajar la escalera. Como si fuera un cometa fugaz, su pelo rubio centelleó entre los balaustres de la barandilla de madera oscura. Instantes después, desapareció.

No fue hasta que la puerta de la entrada de abajo se cerró con un golpe que caí en la cuenta de que mi intento de darle un ultimátum a Luc Clément había vuelto a fracasar estrepitosamente.

Cuando abandoné el diminuto café de Chablis, era algo más de la una del mediodía. Mientras regresaba al coche, no pude evitar pensar que probablemente aquella sería la última ocasión en que estaría en aquella pequeña localidad.

El tío Albert había muerto, y junto a mí, en el asiento del copiloto, estaba su urna, metida en una caja de cartón y protegida con papel de seda.

Era una urna negra sencilla, de madera; mientras yo ponía rumbo de nuevo hacia París, me dije que la muerte supera en todos los sentidos nuestra imaginación. En todo caso, tener las cenizas de alguien en una urna a tu lado en el asiento del copiloto era otra cosa. Era raro, y a mí me resultaba completamente irreal.

De manera inevitable me vinieron a la cabeza todas esas novelas de heroínas chifladas que, ya fuera voluntaria o involuntariamente, iban de un lado a otro cargando con una urna para cumplir con las últimas voluntades de alguien. En las novelas, esta circunstancia tenía siempre un tono más bien cómico. Por lo general, en el traslado de la urna algo salía mal, o bien alguien se enamoraba de alguien de camino al lugar donde depositar las cenizas del difunto para su descanso final. Pero mientras me alejaba de aquella pequeña ciudad del norte de Borgoña, enclavada entre viñedos y bosques, el lugar donde el tío Albert había pasado sus últimos años de vida, me sorprendí mirando una y otra vez con inquietud la urna que tenía a mi lado. En su interior estaban las cenizas de una persona real, que había vivido y amado, que había reído conmigo mientras degustaba un vino.

Entonces se levantó una ráfaga de viento y el cielo se ensombreció. Al poco, empezó a llover a cántaros, accioné el limpiaparabrisas y me concentré en la carretera. Al cabo de un rato, dejó de llover y un delicado arcoíris, como si fuera el presagio de algo bueno, asomó en el horizonte.

4

Por la tarde, al cruzar las Tullerías en dirección a la plaza de la Concorde, el sol se abrió paso entre las nubes. El aire aún estaba húmedo y algunas gotas de lluvia emitían destellos prendidas de los viejos castaños, de los que en primavera emanaba un olor maravilloso.

Inspiré profundamente mientras me dirigía a paso ligero hacia el obelisco negro que se alzaba detrás del parque sin dejar de tocar una y otra vez el llavero con el ancla plateada que tenía en el bolsillo de la chaqueta.

Tras regresar a París, me había pasado una eternidad buscando aparcamiento en las bocacalles en torno al canal Saint-Martin hasta que por fin había logrado estacionar el coche en el Jardin Villemin. En verano, la gente solía reunirse ahí para jugar a la petanca; en aquel día claro de invierno, el sol también había atraído al parquecito a unos cuantos ancianos. Me dirigí a la plaza Sainte-Marthe con los restos mortales del tío Albert bajo el brazo, preguntándome si tal vez él había jugado también a la petanca. Pasé por la librería Artazart, donde para mi alegría muchas veces encontraba libros traducidos por mí, por las tiendas de ropa de colores pastel de Antoine & Lili, por el Hôtel du Nord (pensé brevemente en Luc) y por delante de los grafitis que me contemplaban desde los muros de la esclusa.

Esa tarde, el canal Saint-Martin estaba abarrotado y yo temía constantemente que alguien me diera un golpe o que yo tropezara y se me cayera la urna con el tío Albert. ¿Qué hacer en una situación así? ¿Barrer las cenizas de un difunto con una escoba de mano y volver a meterlas en la urna era irreverente? El tío Albert siempre había tenido mucho sentido del humor, pero tal vez un percance de esa magnitud le habría parecido imperdonable. Al fin y al cabo, él me había confiado sus cenizas. En algún momento iba a tener que ir al castillo de Sully para esparcirlas. Debían de pesar unos tres kilos —algo sorprendente si tenía en cuenta la corpulencia y la fuerza del tío Albert—, y a ello había que sumarle el peso de la urna; por ello, conforme pasaba el tiempo acarreando ese bulto dentro de la voluminosa caja de cartón, más trabajoso se me hacía. Gemí en silencio y noté que, a pesar del frío, estaba sudando. Cuando por fin llegué con mi preciada carga a mi piso en las alturas, suspiré con alivio. Tras sopesarlo detenidamente, decidí a colocar la urna encima del armario chino lacado en rojo del pasillo. Por el momento, me pareció el lugar más adecuado para ella.

Y entonces me puse en camino.

Admito que mi corazón se aceleró un poco más en cuanto abandoné la plaza de la Concorde y torcí a la izquierda hacia el puente de igual nombre. Pasado el puente, bajé la escalera que conducía directamente a la orilla del Sena. Allí había varias casas flotantes amarradas muy cerca unas de otras. Buena parte de ellas daban la impresión de estar abandonadas y algo destartaladas; al mirar a los camarotes por las ventanas, vislumbré percheros rotos, bolsas de basura y todo tipo de trastos. Todo indicaba que en invierno las casas flotantes no estaban muy concurridas. Aminoré el paso y las fui inspeccionando una tras otra mientras andaba por el paseo junto a la orilla. Dos hombres, con gorros de lana azul oscuro y gruesas chaquetas, sentados en una cubierta de proa y, en apariencia, pescando, me miraron con curiosidad. Yo les devolví la mirada con igual interés. ¿Era posible pescar algún pez en esas aguas?

Seguí avanzando en dirección oeste, donde las figuras doradas sobre los cuatro pilares de piedra del puente Alexandre III brillaban al sol. A lo lejos, se alzaba la torre Eiffel. La cantidad de casas flotantes era cada vez menor y empecé a inquietarme. ¿Dónde estaba el barco del tío Albert? Entrecerré los ojos y estudié los nombres de las embarcaciones que se mecían sobre las aguas: L'Amiral, Élodie, La Néréide, La Péniche, Lune de Miel, L'Albatros...

¿Y si el barco ya no existía desde hacía tiempo? Me detuve un momento, perpleja. Detrás del puente, el sol se iba convirtiendo en una bola roja que descendía sin parar. Las sombras se iban alargando y las primeras luces se encendían cuando vi a un hombre joven vestido con una parka verde saliendo con un salto desde una de las casas flotantes. Llevaba unas botas fuertes y se me acercó con un cubo en la mano.

—¿Está buscando algo? —preguntó.

Asentí con la cabeza.

—Sí. Estoy buscando…, bueno, busco una casa flotante.

Él sonrió.

—Elija la que quiera, aquí hay muchas. Pero, de momento, que yo sepa, ninguna está en venta.

—No quiero comprar una. Estoy buscando la de mi tío. Albert Beauregard.

—¿Beauregard? No he oído nunca hablar de él.

—El barco se llama La Princesse de la Loire —insistí—. ¿Sabe usted dónde podría estar amarrado?

Se encogió de hombros y se rascó la nuca pensativo.

—Hum —musitó. Luego calló así que probablemente esa era su respuesta.

—Bueno, no importa —dije—. Gracias de todos modos.

—¡No! ¡Espere! —Tenía el ceño fruncido, pensativo—. Es que… ese nombre me suena. Princesse de la Loire… Princesse de la Loire… —murmuró—. Creo que está más adelante, junto al puente. ¿Es una barcaza azul antigua?

—¡Sí! —exclamé y seguí andando a toda prisa, mientras él me miraba desconcertado. De pronto, sentía una gran urgencia por verla. Llegué al puente casi sin aliento. Y entonces, a pocos pasos del puente Alexandre III, que cruza el Sena formando un arco imponente, me detuve.

Frente a mí estaba La Princesse de la Loire, meciéndose delicadamente sobre las aguas, como si me hubiera estado esperando todo ese tiempo.

El cielo estaba cambiando de color cuando subí a la cubierta. El barco tenía la pintura descascarillada en algunos puntos y las sogas gruesas que lo sujetaban a la pesada argolla de hierro estaban cubiertas de musgo verde. Pero, dejando de lado que la embarcación se me antojó un poco más pequeña de como la recordaba, me pareció exactamente igual.

Me saqué el manojo de llaves del bolsillo y probé primero una llave y luego la otra. Las dos encajaban. Cuando, presa de sentimientos encontrados, empujé la puerta para abrirla, estaba lejos de sospechar de la existencia de una tercera llave.

Bajé con cuidado los pocos peldaños de la escalera empinada de madera y entré en el camarote. Percibí un levísimo olor a sándalo y tabaco en el aire; para mi asombro, no había tanto polvo como esperaba, y estaba todo menos descuidado de lo que suponía. Sin duda, el paso del tiempo había sido benévolo con esa vieja casa flotante. Me detuve un momento en medio del camarote y tuve la impresión de que, en los últimos veinte años, allí no había cambiado nada.

Me sentía dentro de una cápsula del tiempo, volví a ser la niña que exploraba con entusiasmo todos los rincones de ese barco y todo lo quería saber: ¿cómo funciona la brújula? ¿Y la cocina de gas de dos fogones? ¿Cómo se utiliza la rueda del timón de la cubierta y cómo fijarla con una cuerda para no perder el rumbo?

La puerta abierta crujió suavemente y me di la vuelta, sobresaltada. Casi esperaba encontrarme ahí con el tío Albert entrando y saludándome con un «*Ohé!*» atronador. Y, mientras afuera el sol se iba hundiendo cada vez más, deambulé por el salón espacioso y miré a mi alrededor con una sonrisa sentimental.

Todo estaba en su sitio. Solo faltaba el tío Albert.

Acaricié ensimismada la madera de caoba de las paredes y las puertas, que brillaba como si estuviera recién pulida.

Me senté en el banco, que estaba tapizado en azul claro y tenía el respaldo alto. Delante, sobre la mesa, había un cenicero de cristal y un cuenco de cerámica vacío. La luz del atardecer se colaba por las pequeñas ventanas que se sucedían encima del respaldo del sofá empotrado y bañaba las fotografías y los mapas de las paredes en tonos dorados. Las finas partículas de polvo se arremolinaban suspendidas en el aire. Detuve la mirada en el único retrato que había en la pared: una fotografía desvaída, en color, de mi tío de joven en una pose a lo Hemingway. En una mano sostenía un pez que, obviamente, acababa de capturar, y en la otra, una caña de pescar. El pelo oscuro le caía sobre la frente y sonreía con orgullo.

De pronto me acordé de cómo freíamos en mantequilla salada los peces que habíamos pescado; lo hacíamos en una sartén, sobre un fogón de camping que había en cubierta. Hasta ese verano, nunca me había gustado el pescado, pero de repente la delicada carne blanca de los pececitos que el tío Albert capturaba en el río me encantó. Sabía a aventura.

Me levanté y me acerqué al aparador, que conservaba aún el viejo tablero de ajedrez en el que había hecho mis primeras jugadas bajo la dirección del tío Albert. Él nunca me dejaba ganar, como de vez en cuando se hace con los niños. Me tomaba en serio. En todo caso, me enseñó sus mejores trucos y yo aprendí rápidamente. Solo le gané una partida durante nuestro viaje por los castillos del Loira. El tío Albert ese día no estaba muy atento, pues de lo contrario yo nunca lo habría conseguido. En todo caso, recuerdo la fascinante sensación de mi victoria «auténtica» y de cómo grité jubilosa: «¡Jaque mate!», cuando una distracción del tío

Albert dejó indefenso su rey y yo me planté delante de él con mi torre. El tío Albert se quedó boquiabierto mirando el tablero por un momento, luego se echó a reír suavemente y me felicitó. «Creo que ya no puedo enseñarte nada más. Eres demasiado buena», me dijo.

Perdida en mis cavilaciones, tomé entonces el rey y aparté un peón; a continuación, volví a colocar rápidamente las piezas en su lugar. Hacía siglos que no jugaba al ajedrez. En honor a la verdad, desde esa época.

Junto a la cómoda había un armario estrecho y macizo que estaba decorado con unas incrustaciones bonitas. También en el pasado se encontraba ahí. Sin embargo, ahora estaba cerrado y no tenía llave. Pasé la mano por encima del armario, pero no la encontré, solo una gruesa capa de polvo. Me limpié los dedos en mis vaqueros y traté de abrir la puerta de un tirón, pero no se abrió. Decidí que luego buscaría la llave y me acerqué al estrecho aparador de cocina, donde había dos botellas de vino tinto y un paquete de galletas saladas. Me pregunté si aún se podría beber el vino. Tenía mis dudas. Accioné a modo de prueba el interruptor de la luz que había junto a la puerta y se encendió la lámpara del centro de la estancia. Era asombroso. Si no fuera por lo que sabía, casi habría pensado que el barco aún estaba habitado. Por el fantasma del tío Albert, me dije, y sonreí.

Mi breve recorrido por el barco acabó frente a una puerta estrecha que separaba el salón del dormitorio. Se abrió con un crujido y eché un vistazo al habitáculo con cortinas azules y blancas ante las pequeñas ventanas y dos literas, que de niña me habían parecido la mismísima encarnación de la comodidad.

La cama resultaba tentadora con sus mantas y almohadas, y en el armario de lamas empotrado, en el que colgaban algunas prendas, se balanceaban saquitos de lavanda.

Al lado de la puerta, vi una estantería que contenía varios libros. Entre ellos descubrí con asombro guías de viaje y algunos volúmenes ilustrados sobre los castillos del Loira, así como varias novelas policiacas, todas ellas escritas por un tal Maurice Forestier. Aunque las novelas policiacas y de intriga no me atraían demasiado, ese nombre me resultaba familiar: Forestier gozaba de bastante éxito con sus historias detectivescas. Con todo, yo tenía la teoría de que los autores de este tipo de novelas, así como de las de suspense, debían de llevar una vida muy aburrida. Probablemente por eso se les ocurrían tantas tramas de asesinatos y homicidios. Así animaban un poco su existencia. Igual que Agatha Christie, de quien se decía que ideaba sus historias de misterio mientras hervía el caldo.

Saqué uno de los libros y lo hojeé divertida. *Asesinato en los huertos de Villandry*. ¡Cielo santo! ¿A quién se le podía ocurrir un título como ese? En la portada se veía un par de coles lombardas de las que salían unas gotas de sangre. ¿Acaso mi tío en su vejez se había vuelto un lector apasionado de novelas policiacas?

Devolví el libro a su sitio mientras meneaba la cabeza, salí y cerré la puerta. Había terminado mi pequeña inspección. En general, el barco parecía conservarse en un estado bastante aceptable.

Al subir de nuevo a cubierta, ya había oscurecido. El aire era frío y despejado. En algún lugar, a lo lejos, refulgía la torre Eiffel. Regresé a la cubierta de popa, me apoyé en la barandilla y contemplé las luces de la ciudad brillando a ambas orillas del Sena. En noviembre, durante el día, París podía ser una ciudad muy gris y antipática, pero en cuanto el cielo nocturno se posaba sobre la ciudad, sobre el Grand Palais y los Inválidos, sobre el Louvre y la pirámide de cristal, sobre los bulevares y los cafés iluminados, París se convertía en un universo resplandeciente. El panorama era fascinante y de repente me sentí una persona privilegiada allí, en medio de todo, en la cubierta de una casa flotante antigua que se mecía suavemente con el agua: en mi casa flotante, con la que, sin embargo, nunca volvería a emprender un gran viaje porque la iba a vender. Aquel verano de mi infancia había terminado de manera definitiva y, de pronto, me sentí tremendamente melancólica.

Sumida en aquel extraño estado de ánimo, tuve una idea. Iba a pasar esa noche en la casa flotante. Como un homenaje de despedida al tío Albert y a todos nuestros recuerdos compartidos. Al final, por supuesto, la vendería, pues hacer otra cosa no sería sensato, pero esa noche La Princesse de la Loire me volvería a pertenecer.

Tras tomar un sándwich y una copa de vino tinto no muy lejos del puente Alexandre III, regresé tranquilamente al barco. Y, poco después, me tumbé en mi vieja litera y cerré los ojos muy contenta.

No hay lugar del mundo en el que uno se pueda sentir más a salvo de noche que en una casa flotante. Me encontraba tumbada en el casco de la embarcación, y las olas, como deditos, repiqueteaban con suavidad contra la madera, arrullándome. Resultaba extrañamente tranquilizador, como si me hallara en el corazón de París, bombeando de forma plácida y sosegada, mientras en el Sena centelleaban miles de luces.

El delicado chapoteo del agua fue adormeciéndome y, al poco, tuve la sensación de que la vieja casa flotante soltaba amarras y se deslizaba sigilosamente por el Sena. Poco después, París quedó atrás y me vi atravesando un idílico paisaje fluvial en pleno verano, con los álamos plateados brillando a la luz del sol en las orillas. Igual que en mi primer viaje, pasé por delante de la Maison Plûme, una casa suspendida sobre las aguas y sostenida por unos pilotes en Villequier, donde la hija de Victor Hugo sufrió una muerte trágica. Esa era una de las muchas historias que el tío Albert me había contado entonces, cuando atravesábamos esclusas y pasábamos por debajo de antiguos viaductos. Pronto las imágenes del viaje de antaño por el río se convirtieron en sueños, mezclándose con recuerdos de nuestras salidas para visitar los castillos del Loira. La pagoda de Chanteloup, alzándose ante un pequeño estanque cerca del castillo de Chaumont, y, detrás de ella, un jardín chino con bancos lacados en rojo y flores maravillosas. Un pícnic al sol en un parque, y una princesa de melena larga y muy rubia, como salida de un cuento de hadas, que sonreía mientras iba desplegando ante nosotros el contenido de una cesta. «¿Tú también vas a querer algo del *petit panier des Chanteloup*, Joséphine?». Su risa era argentina, y yo la miraba, embelesada por su elegancia. Veía a mi tío tumbado sobre una manta y riendo alegre. Pocas veces lo había visto tan relajado. Entonces un perrito, que jugaba en el prado con un palo, ladró, y una voz exclamó: «¡Ven aquí, Filou!». Y yo, de pronto, regresé a la casa flotante y oí la puerta del camarote que se abría y volvía a cerrarse. El tío Albert acababa de entrar.

—¡Tío Albert! —grité con alegría—. ¡Tío Albert, estoy aquí detrás!

Él entró con pasos ruidosos y me miró con una sonrisa.

—¡Qué alegría tenerte de vuelta, *ma petite*! —dijo—. Sabía que vendrías algún día.

Suspiró, arrojó la chaqueta al suelo, se quitó los zapatos y se dejó caer pesadamente en la cama. Cuando se tumbó a mi lado, el aliento le olía a vino, y esbocé una sonrisa indulgente. El tío Albert siempre había sabido apreciar un buen vino. Pero, al contrario de lo que Pauline había dicho, nunca había empinado el codo.

¿Había?

Pero... el tío Albert había fallecido. De pronto, me vino a la cabeza la imagen de una urna negra.

—¿Tío Albert? —exclamé inquieta—. ¿Acaso eres un fantasma?

Él murmuró algo ininteligible y se revolvió en la almohada.

—¡Pero si no estás muerto! —exclamé feliz.

Entonces abrí los ojos y me llevé el mayor susto de mi vida.

Junto a mí había un hombre tumbado.

Pero no era el tío Albert.

El desconocido de pelo oscuro me miró desconcertado cuando empecé a gritar como una posesa. «¡Aaaaah! ¡Socorro, auxilio!». Oí como mi voz estridente penetraba en la oscuridad, y un perrito empezaba a ladrar de manera salvaje.

Aquello no era un sueño. Un personaje siniestro, a todas luces con muy malas intenciones, se había colado en la casa flotante y había intentado propasarse conmigo.

—¡Socorro, policía! ¡Ayuda! ¡Socorro! —volví a gritar. Entonces sentí una gran mano sobre la boca.

—¡Chis! ¡Deje de gritar de esa manera! ¿Acaso ha perdido la cabeza, o qué? ¡Silencio, Filou! ¡Quieto! —Esto último iba dirigido a un fox terrier pequeño, que había apoyado las patas sobre el colchón entre ladridos y que ahora se retiraba al suelo con un aullido.

—Por el amor de Dios, cálmese, mademoiselle, que no pienso hacerle daño.

Tenía sus ojos marrones clavados en mí, con expresión atónita. Parecía sorprendido en cierto modo. Volví a notar su aliento a alcohol.

Debía de ser un vagabundo que, junto con su perro, había buscado refugio justamente en mi casa flotante. Y seguía borracho. Entonces me acordé de las dos botellas de vino y del paquete de galletas del estante de la cocina. Saltaba a la vista que eran suyos, claro, y no un recuerdo del pasado. Era obvio que desde hacía un tiempo ese vagabundo había hecho de ese sitio su cuartel general.

—¡Suélteme de una vez! ¡¿Cómo se atreve?! —grité furiosa mientras intentaba zafarme de él, aunque, ahogada por la mano del gigante, mi exigencia no fue más que un murmullo ahogado.

—¿Va a dejar de gritar de una vez? —preguntó con tono severo—. En ese caso, la dejaré marchar de inmediato. —Me dirigió una mirada escrutadora—. No se ponga histérica, ¿vale? No corre peligro. ¿Lo ha entendido?

Asentí.

En cuanto me quitó la mano de la boca, me incorporé de inmediato y le increpé.

—¿Se ha vuelto loco? —grité, absolutamente fuera de mí, mientras el perrito en el suelo estiraba las patas delanteras en el suelo y sacudía la cola, gimoteando—. ¡Me ha asustado! —El corazón me seguía latiendo con furia—. ¿Qué demonios hace usted en mi cama?

El hombre se levantó y encendió la antigua lámpara marinera verde que colgaba del techo. Se cruzó de brazos y se me quedó mirando con bastante asombro. Tal vez estaba borracho, pero no mucho. Y, además, iba demasiado bien vestido para ser un vagabundo. Arqueó las cejas y sonrió divertido.

—En realidad, mademoiselle, la pregunta debería ser más bien: ¿qué está haciendo usted en mi casa flotante?

La hora que siguió probablemente fue una de las más embarazosas de mi existencia. Aquel misterioso desconocido se llamaba Maxime Lafôret, y ni era vagabundo, ni un violador. Tenía todo el derecho a estar allí. Era el inquilino oficial de la casa flotante.

Por lo menos eso fue lo que dijo cuando, tras el sobresalto inicial, dejé que me acompañara al banco que había en el salón. Abrió la pequeña nevera de la cocina, se agachó y reapareció un momento después con una botella de Perrier.

—¿Quiere un vaso de agua? —Sacudió la botella de plástico verde y sacó dos vasos de la estantería—. Por el susto.

Asentí, desconcertada, y él dejó los vasos sobre la mesa, delante de nosotros, antes de dejarse caer en el asiento. Dirigí una mirada hostil a ese hombre de ojos marrones, mirada inocente y jersey de rayas azul oscuro que había echado a perder de manera desconsiderada mi última noche en La Princesse de la Loire. Debía de tener unos cuarenta años, quizá algo menos. El perro con manchas de color café, y que al parecer se llamaba Filou, marchó detrás de él para luego acurrucarse plácidamente a los pies de su amo.

—¿De qué conoce usted a mi tío? —pregunté con suspicacia—. Jamás le mencionó.

—Bueno —repuso—. Lo mismo podría preguntar yo. Tampoco sabía que Albert tuviera una sobrina. ¿Cuándo fue la última vez que vio a su tío, mademoiselle Beauregard?

Me sonrojé.

—Pues hace bastante. Estuvo mucho tiempo enfermo.

—Lo siento. No lo sabía.

—Entonces ¿de qué se conocían? —insistí.

—Oh, nos conocimos hace años —respondió vagamente—. En el Loira. Él estaba de vacaciones allí con su casa flotante, y aquel verano yo trabajaba en los jardines del castillo de Amboise.

—Entiendo —dije. Ese Lafôret debía de ser de esos trabajadores temporeros que se ofrecían para trabajar durante el verano y que en otoño hacían la vendimia—. ¿Y luego?

—¿Luego? —Se encogió de hombros—. Bueno... Entablamos amistad, fuimos a pescar juntos varias veces. Nos caímos bien. Cuando Albert me dijo que cada vez utilizaba menos su casa flotante, le pregunté si se la podía alquilar. Yo sé algo de barcos, y él estaba encantado de que alguien se ocupara de su embarcación. Al principio, acordamos que él utilizaría siempre el barco en julio. Pero eso solo lo hizo el primer verano. Después, no volví a saber de él.

Lafôret meneó la cabeza y, con un gesto de pesar, se pasó las manos por el pelo castaño, que continuamente le caía sobre la frente.

—Siento mucho que haya fallecido. Ese viejo me era simpático.

Cogió su vaso y se lo bebió de un trago.

—Disculpe, todavía tengo la cabeza hecha un bombo —dijo al reparar en mi mirada de desaprobación—. He salido a tomar algo con un amigo que se casa la semana próxima y seguramente he tomado una copa de más. —Bostezó con ganas—. La verdad es que necesitaba una cabezadita con urgencia. ¿Cómo podía imaginar que mi cama estaría ocupada?

Me sonrió y me guiñó un ojo.

—¿Su cama? —repliqué bruscamente. No estaba dispuesta a dejarme embaucar por esa sonrisa estúpida. Al parecer, ese hombre se creía irresistible—. Nada en este barco le pertenece, monsieur Lafôret.

Él se echó a reír.

—Bueno, algunas cosas sí son mías —dijo y empezó a contar con los dedos sus pertenencias—. Algunas prendas de ropa, tres juegos de sábanas, toallas, algo de vajilla, mis aparejos de pesca, algunos libros y, claro está, no olvidemos el vino.

—¡Ja, ja! ¡Pero qué gracioso es usted! —repuse—. Déjelo. Sabe perfectamente lo que quiero decir. —No entendía por qué ese hombre me crispaba tanto. Me crucé de brazos y me lo quedé mirando—. Así pues, le aconsejo que recoja sus cosas, la chaqueta Barbour, las botas de agua, las botellas de vino, los libros y cualquier otra posesión que tenga por ahí y se largue del barco. Porque ahora me pertenece, ¿entendido?

Lafôret guardó silencio un momento. Parecía afectado y no dije nada más. Tal vez con los nervios me había excedido un poco. A fin de cuentas, hasta esa noche, el hombre no tenía ni idea de que la casa flotante que había alquilado había cambiado de dueño.

—Dígame, ¿usted siempre es tan antipática? —preguntó—. ¿O solo lo es conmigo?

—Solo con usted —le respondí con una sonrisa irónica—. Se está entrometiendo en mis asuntos, monsieur Lafôret.

—Lo mismo podría decir yo de usted —respondió reclinándose en su asiento.

—Y esas novelas de intriga del dormitorio, ¿también son suyas? —pregunté con un tono más calmado. Carecía de sentido emprenderla con un tipo que no volvería a ver. Al final, él iba a tener que abandonar mi barco.

Levantó la mirada.

—Sí, lo son. —Los ojos le brillaron—. ¿Por qué? ¿Le interesan?

—No, para nada. No suelo leer novelas de ese tipo. Es solo que me sorprendí un poco al ver esos libros en la estantería. Mi tío nunca fue un gran lector.

—Así pues, usted... tampoco es una gran lectora...

—¿Cómo? No. Por supuesto que leo. Y, de hecho, mucho. En cierto modo es parte de mi trabajo.

—Vaya, vaya. ¿Y a qué se dedica? ¿Me lo dirá? —Enarcó las cejas con una mueca divertida y me volví a sentir provocada. ¿Qué le importaba a ese tipo lo que yo hiciera para ganarme la vida? Seguro que no sabía ni lo que significaba esa expresión.

—Sí, figúrese, soy traductora —espeté—. Lo único es que no me gustan las novelas de intriga.

—¡Qué lástima! ¿Y por qué?

—Me parecen banales y desagradables. Al final uno cierra el libro y no le queda... nada. Prefiero lecturas más exigentes, ¿sabe? Personalmente me parece más excitante. Pero, bueno, sobre gustos no hay nada escrito...

Lafôret hizo una mueca y asintió un par de veces, aparentemente impresionado.

—¡Qué suerte tienen los pobres autores de que no todo el mundo piense así! —dijo—. Por lo que sé, las novelas de intriga se suelen vender muy bien.

—Sí, es posible —admití. En cualquier caso, mucho mejor que la literatura finlandesa, añadí mentalmente. El mercado de las novelas de intriga y policiacas estaba en auge. En concreto, eran especialmente populares las series ambientadas en barrios de moda y protagonizadas por un investigador estrafalario y, por lo general, malhumorado que tomaba a todas horas café o bebidas de alta graduación. En los últimos tiempos habían surgido también novelas protagonizadas por jubilados temblorosos que se reunían en clubes y resolvían con éxito casos de asesinato, demostrando, de nuevo, hasta qué punto la ficción y la realidad pueden divergir.

Monsieur Lafôret se quedó allí sentado, observándome muy atentamente. Con las manos apoyadas en el reposabrazos de su asiento, parecía esperar una respuesta.

—¿Es posible que usted tenga algunos prejuicios en este sentido?

—Oiga, monsieur Lafôret, pienso que la mayoría de los autores que escriben este tipo de..., eh..., literatura llevan una vida bastante aburrida, pero, como ya he dicho, solo es mi opinión. —Hice un ademán amistoso con la cabeza y decidí abreviar—. Pero hablemos de la casa flotante. ¿Cuándo le parece que la podrá desalojar?

—¿Desalojar? ¿Por qué? —preguntó—. Habla usted como si yo fuera un okupa. Pero yo alquilé este barco. De modo completamente legal. A su tío.

—Sí, lo sé, ya lo ha dicho antes. —Suspiré impaciente—. No le estoy acusando de tener ninguna intención criminal. Pero podríamos llegar a un acuerdo, ¿no? ¿Tiene usted un contrato de alquiler como es debido? ¿O se trata de una especie de pacto de caballeros entre mi tío y usted?

Cuando dije «caballeros», hice una mueca de disgusto.

—No, no —contestó Lafôret, impasible—. Nada de pactos de caballeros. Existe un contrato por escrito que le puedo mostrar. No lo tengo aquí mismo, pero, si me indica su dirección, se lo enviaré de inmediato y verá que todo está correcto.

Se cruzó de brazos con actitud satisfecha.

—¡Lo estaré esperando! —Molesta, rebusqué una de mis tarjetas de visita y se la arrojé sobre la mesa—. Ese contrato se debe cancelar cuanto antes.

—Hummm —murmuró.

—¿Qué quiere decir con «hummm»?

—Bueno, con todo el respeto que usted y su tío fallecido me merecen, alquilé este barco por diez años. Y, la verdad, no veo por qué debería renunciar a ello antes de tiempo.

—¡¿Cómo ha dicho?! —exclamé horrorizada—. ¡¿Diez años?! —Vi desvanecerse todas mis esperanzas—. ¿Y cuántos años han pasado ya?

—Cinco —explicó, ladeando la cabeza—. Evidentemente, de ahora en adelante transferiré mi alquiler a su cuenta bancaria.

—¿De veras? ¿Tiene usted tanto dinero? —Noté que estaba entrando en cólera. El bueno de mi tío, con su cabeza cada vez más confundida, seguramente no debía haber visto ni un céntimo de ese hombre en los últimos años—. ¿Y cuánto paga usted de alquiler, si es que se puede saber?

—Quinientos euros. Precio de amigo.

Dibujó una sonrisa triunfal.

—Pero..., pero..., ¡esto no puede ser! —farfullé.

Me encontraba de pronto en una película surrealista. Todo aquello era completamente absurdo. ¿Acaso estaba soñando?

Pero no: allí estaba yo, sentada en mitad de la noche, en la vieja casa flotante de mi tío que días atrás había heredado y necesitaba vender con urgencia, y un completo desconocido, que se había tumbado a mi lado en la cama y me había tapado la boca, me decía alegremente que era el inquilino y que tenía intención de seguir siéndolo durante los próximos cinco años... ¡por unos ridículos quinientos euros al mes! Por ese precio en París ni siquiera se podía tener una ratonera.

¿Tan confundido estaba mi pobre tío al final de su vida que le había dejado a ese botarate su casa flotante por tan poco dinero y durante tanto tiempo, a pesar de que yo era la beneficiaria de su testamento? ¿O acaso ese hombre me estaba mintiendo descaradamente en la cara? Pero no, no daba la impresión de que estuviera mintiendo.

Lafôret seguía sentado tranquilamente en su asiento y farfullaba algo sobre un contrato por escrito que podía enseñarme.

Lo más probable es que en su momento hubiera engañado al bueno de mi tío. Al calor de un burdeos. Aquel tipo se había aprovechado del tío Albert sin que este lo notara. No podía ser verdad. Noté que el camarote empezaba a dar vueltas a mi alrededor y cerré los ojos un momento.

—¿Está usted bien, mademoiselle Beauregard? Tome, beba otro sorbo. —Lafôret se había vuelto hacia mí y me acercaba el vaso—. De pronto ha palidecido. ¿Puedo hacer algo por usted? ¿Tal vez una galleta?

Negué con la cabeza y tomé un sorbo de agua. Poco a poco, me di cuenta de que el mareo remitía y yo recuperaba el ánimo. Entonces me incorporé y miré directamente a Lafôret.

—Hay algo que sí puede hacer por mí, señor. Váyase de mi barco.

—Quiere decir… ¿ahora? ¿O para siempre? —preguntó con tono engreído.

—Para siempre —mascullé.

Él retrocedió, pero al punto se recobró. Sus ojos oscuros brillaban.

—Bueno…, como quiera. Ya hablaremos de ello dentro de cinco años. De hecho, yo necesito el barco.

—Yo también lo necesito —le dije con tono firme—. Quiero venderlo, ¿comprende?

—¿Cómo? ¿Quiere vender la casa flotante de su querido tío? ¿La única cosa que él realmente quería? Eso no está nada bien. —Negó con la cabeza con un gesto de desaprobación y soltó, burlón—: Tch, tch…

—Sí —dije—. La vendo. Tengo que venderla —puntualicé—. Déjese de tanto «tch, tch» y no haga como si le importara la memoria de mi tío. Ya le tengo a usted calado…

—Entonces véndala, hágalo. Pero yo me quedo. —Se levantó e hizo un ademán de inclinarse—. Mañana le enviaré el contrato. Tal vez usted no lo sepa, mademoiselle Beauregard, pero en este país uno, como inquilino, también tiene ciertos derechos.

—Créame, monsieur Lafôret, lo sé mejor que usted.

Yo también me puse de pie y ambos nos dirigimos miradas desafiantes.

—Disfrute de sus últimos días en el barco porque pronto va a tener que abandonarlo.

—¿De veras? —Sonrió con descaro—. No lo creo.

—Lo que crea usted no tiene ninguna importancia, señor. ¡Voy a desalojarlo! —exclamé, enojada.

—Muy bien, pues ¡buena suerte! —repuso divertido—. Porque va a necesitarla. De aquí usted no me podrá echar.

—Eso ya lo veremos —dije—. *Au revoir*, monsieur Lafôret.

Me di la vuelta y subí enfadada la escalera que llevaba a cubierta. Eran las tres de la madrugada y en la calle soplaba un viento gélido. Por un momento me quedé sin aliento, y luego oí sus pisadas subiendo detrás de mí.

—¡Su chaqueta, mademoiselle! —Me tendió mi chaqueta de plumón de color verde oscuro—. No me gustaría que encima cogiera una pulmonía. Sería una lástima. Entonces no podría demandarme...

Le arrebaté la chaqueta de la mano, me la puse rápidamente y bajé de la cubierta con un salto decidido.

—¿Sabe qué? ¡Que le den! —grité en la oscuridad.

Vi su silueta recortada contra las luces del puente Alexandre III y le oí reír suavemente.

—¡Y a usted también, mademoiselle Beauregard! ¡A usted también!

5

Claramente, Maxime Lafôret se había propuesto boicotear todos mis planes. Allí donde yo tenía una esperanza, él la frustraba. Ese hombre era un problema. Lo tuve claro a partir del momento en que puso sus pies en mi barco y me arrancó bruscamente de mis sueños. Sin embargo, todo indicaba que no me iba a librar de él a corto plazo.

Tras el desagradable incidente en La Princesse de la Loire, apenas logré dormir. Me pasé el resto de la noche dando vueltas y más vueltas en la cama; me levanté cuando todavía estaba oscuro y me preparé una taza de té. Me asomé a la ventana con la taza caliente en la mano y me quedé un rato contemplando la plaza desierta de Sainte-Marthe, en cuya pequeña rotonda adoquinada la noche anterior habían colocado cuatro árboles de Navidad con grandes bolas rojas. Las luces que pendían de las ramas de los abetos brillaban destilando calma y calidez. Me recordaban que la Navidad estaba al llegar. De pronto, sentí ganas de hablar con Luc. Él sabría qué hacer.

Me contuve durante una hora más y luego le llamé.

—Hola, Luc —susurré en el auricular—, ¿puedes hablar?

Por suerte, Luc ya había salido de casa y se dirigía a una reunión.

—Sí, claro —dijo sorprendido—. ¿Qué ocurre, *ma petite*? ¿Por qué llamas tan temprano? ¿Va todo bien?

Le faltaba un poco de aliento en la voz y podía oír su andar apresurado por la acera.

—No, nada va bien, Luc. Ayer fui a la casa flotante y adivina...

—¡Oh, *ma petite*! Me lo figuraba. Resultó ser una vieja barcaza oxidada solo apta para el desguace...

—No, no, eso no. La embarcación está perfectamente —le interrumpí con impaciencia—. Escúchame un momento...

A continuación, muy alterada, le hablé de aquel intruso insolente que había tomado posesión de mi propiedad seguro de su triunfo.

—¡Oh, querida! —dijo Luc—. ¡Vaya lata! Pero no sirve de nada que te pongas así. Pídele ayuda a tu padre. Él es abogado y sabrá qué hacer. Siempre hay una solución.

—Eso espero —respondí algo contrariada ante una reacción tan fría. Me habría gustado sentir un poco más de empatía, pero Luc parecía tener la cabeza en otra parte.

—Anoche me asusté muchísimo, ¿sabes? Cuando me encontré de pronto a ese hombre tumbado a mi lado. Bueno, yo no tenía ni idea de que existiera una tercera llave del barco. Y, por si fuera poco, ese Lafôret es un tipo horrible, al que no le importa lo más mínimo que...

—Sí, cielo, me imagino muy bien cómo te debes de sentir —me interrumpió Luc—, pero antes habla con tu padre...

Luc, como siempre, quería poner fin a la llamada y yo, como siempre, solo quería alargarla.

—¿Te parece que puede haber algún modo de anular el contrato?

—Sin duda.

—Probablemente el tío Albert ya había perdido la cabeza cuando lo firmó. A mí ese Lafôret me parece un estafador.

—Es posible. Todo se arreglará.

—¿Quieres venir al barco conmigo esta tarde?

—¿Mientras ese tipo esté por allí? No me parece una buena idea, Joséphine. Ahora, encárgate de llamar a tu padre.

—Sí, lo haré, Luc.

—Vale. Estoy llegando tarde, pequeña. ¡Buena suerte!

—Gracias.

Me quedé escuchando el auricular un momento.

—¿Luc?

—Dime, ¿qué pasa ahora?

—¿Me quieres?

—Pues claro que te quiero. Solo que en tres minutos tengo una reunión. Te llamo más tarde, ¿vale?

Asentí en silencio y me apreté el auricular a la oreja.

—Yo también te quiero —le dije. Pero para entonces Luc ya había dado por terminada la conversación.

—¡Oh, *darling*! ¡Qué horror! Menudo susto.

Cédric tenía los ojos muy abiertos y me miraba con preocupación.

Estábamos en su cocina, sentados ante dos tazones de desayuno y una bolsa llena de *croissants* olorosos y caracolas con pasas que había comprado en mi *boulangerie* favorita de camino al canal Saint-Martin, antes de llamar a casa de Cédric. Había tardado un rato en contestar al interfono, y temí que Cédric ya hubiera partido para uno de esos paseos de *flâneur* que le gustaba dar a primera hora de la mañana.

—¿Hola?

—¿Ya estás despierto? —le había preguntado.

—Ahora sí —había respondido Cédric—. ¿Ha muerto alguien más o de pronto te has pasado al bando de los madrugadores?

—Ni una cosa ni la otra. Me gustaría contarte algo, Cédric. ¿Puedo subir un momento?

—Por supuesto, siempre estoy a punto para un café y un cigarrillo.

En el fregadero había aún un par de platos y dos copas de vino medio llenas. Cédric parecía algo resacoso. Su amigo Augustin había llegado muy tarde de la discoteca, y al parecer habían discutido hasta altas horas de la noche —«una pequeña pelea de amantes», me aseguró Cédric con una sonrisa—, pero la reconciliación posterior, que se había producido ya de madrugada, había sido de lo más agradable.

—No podría decir lo mismo de mi noche —expliqué sacando un *croissant* aún caliente de la bolsa—. No sé explicarte el espanto que sentí cuando de pronto un borracho se tumbó a mi lado y me tapó la boca con la mano.

—¡Oh, me lo imagino, *darling*! Debió de ser tremendo. —Agitó la mano—. Bueno, yo me habría muerto. ¿Y quién era esa persona tan horrible?

—No tengo ni la menor idea —respondí—. Una especie de friki que hace años encandiló a mi tío y se hizo con su casa flotante. En cualquier caso, dice que tiene un contrato de alquiler que no vence hasta dentro de cinco años. ¡Cinco años!

—¡Increíble! —gimió Cédric en tono compasivo mientras untaba mermelada en su *croissant.*

—Además, no tiene la menor intención de marcharse. ¿Sabes qué significa esto?

Cédric asintió.

—Que las posibilidades de que puedas vender la casa flotante por un buen precio se han reducido de forma considerable.

—Exacto. Nadie que compra un barco quiere esperar cinco años para poder usarlo, ¿verdad?

—Bueno, podría ser —objetó Cédric—. Hay gente que busca propiedades como inversión. Con lo bajos que están los intereses hoy en día...

—¡Cédric! ¡Por favor! Con ese tipo en el barco, ya puedo despedirme. Es decir, nadie querría tener a alguien como él como inquilino. A saber si ese perro suyo tiene pulgas.

Me estremecí al recordar la litera en la que me había tumbado y donde, al parecer, este hombre solía pasar la noche.

—¡Oh, *mon Dieu*! —exclamó Cédric mientras acariciaba horrorizado el brillante pelaje de Nana, que tenía sentada en su regazo—. ¿Es que también hay un perro? ¿Esos chuchos enormes y babosos?

No pude reprimir una carcajada.

—Es un perro pequeñito y, de hecho, bastante mono. El problema es ese hombre.

—Bueno, en todo caso, ahora te pagará un alquiler.

—¡Sí, claro! ¡Ja, ja! Quinientos euros. ¿Qué se supone que voy a hacer con eso?

—¡Oh, *mon Dieu*! —Cédric estuvo a punto de atragantarse con el *croissant* —. Estás de broma, ¿no?

Negué con la cabeza con el ceño fruncido.

—Pero si es lo que te podrías llevar al día poniendo el barco en Airbnb… ¿En qué pensaba tu tío?

Me encogí de hombros.

—Ni idea. Puede que el dinero no fuera tan importante para él. Es posible que ya no fuera consciente de la situación. O tal vez realmente se tratase de un precio de amigo, como sostiene ese tal Lafôret. Tal vez sí eran amigos. No lo sé. Aunque tampoco entiendo cómo se puede tener amistad con alguien así.

Pellizqué un trocito de mi *croissant* con gesto malhumorado.

—Quizá tu tío no tenía muchas amistades.

—Sí, tal vez. De hecho, era una persona solitaria. Pero aun así. ¿Cómo fue capaz de dejarme el barco y luego firmar un contrato como ese?

—Bueno —repuso Cédric—, tú misma dijiste que hacía mucho tiempo que te había nombrado su heredera. Puede que luego pensara que todavía le quedaba mucho tiempo. No podía saber que con el tiempo desarrollaría una demencia.

—Sí, pero ni una sola vez mencionó a Lafôret —repuse.

—¿Por qué iba a hacerlo? Tampoco te dijo que un día heredarías su casa flotante, ¿verdad?

Suspiré.

—Sí, en eso también tienes razón.

Debía admitir que yo no sabía muchas cosas de mi tío. ¿Por qué no me había dicho nada de la casa flotante?

—Seguro que quiso que fuera una sorpresa —reflexionó Cédric masticando su *croissant*.

—¡Bonita sorpresa! Ahora lo que tengo son problemas.

—Quizá deberías volver a hablar con ese Lafôret, *darling*. Quiero decir, a la luz del día, como dos personas adultas. Ambos estabais muy alterados, y seguro que él estaba tan sorprendido como tú. Además, estaba cansado y había bebido. Tal vez ahora ve las cosas de otro modo y le sabe mal.

Recordé la sonrisa insolente de Lafôret cuando me dio la chaqueta y negué con la cabeza.

—No estaba tan borracho. Ese hombre es un patán grosero. A ese no hay nada que le sepa mal. Y la intuición me dice que no cederá por las buenas. —Suspiré—. Me da mucha rabia todo esto, teníamos incluso una persona interesada. Mi padre conoce a alguien que busca una casa flotante. Me habría podido ahorrar la comisión del agente inmobiliario.

—Entiendo. —Cédric sorbió su café con leche y arrugó la frente—. Pero de algún modo debes poder deshacerte de ese tipo. ¿Sabes qué? Deberías pedir ayuda a tu padre.

—Sí, Luc también me ha aconsejado que lo haga.

Sonreí.

—Por una vez, el bueno de Luc tiene razón.

—¿Quién tiene razón por una vez?

Augustin estaba apoyado en la puerta de la cocina, vestido con camiseta y pantalón de chándal, y se pasaba los dedos por la barba incipiente.

—Mmm..., caracolas con pasas —dijo y metió la mano en la bolsa—. *Bonjour, Joséphine. Ça va?* —Mordió la caracola con fruición y pasó un brazo por el hombro de Cédric—. Hola, Cécé. ¿Qué hacéis los dos tan guapos tan pronto por la mañana?

—Reunión de crisis —dijo Cédric.

—Oh, oh —exclamó Augustin y se acercó una silla—. Eso parece emocionante. ¿Puedo participar yo también?

La reunión de crisis que se celebró por la tarde de aquel mismo día en la rue de Bourgogne fue menos agradable.

Papá, mamá, Pauline y yo nos sentamos en el comedor y, mientras tomábamos un *filet mignon*, debatimos sobre la situación.

Papá meneó la cabeza pensativo e hizo un montón de preguntas, la mayoría de las cuales no pude responder porque aún no había recibido el contrato de alquiler.

—Me lo hará llegar en los próximos días, papá —dije confiando en que la palabra de ese hombre fuera de fiar—. Eso, si es que existe. Ese Lafôret no me inspira mucha confianza. Si no es capaz de presentármelo, se irá pitando. A saber si alguna vez habrá pagado el alquiler.

—Pero debería haber una cuenta bancaria —intervino Pauline—. Algún papel del banco. ¿No lo preguntaste cuando estuviste en Chablis? Es lo primero que hay que preguntar.

—No, no lo hice —respondí irritada. Pauline era una marisabidilla—. ¿Por qué debería haber preguntado tal cosa? Jamás se habló de cuenta alguna. De haberla habido, el notario la habría mencionado. No soy idiota, Pauline.

—Bueno, en todo caso es fácil de comprobar. Si hay una cuenta, estará indicada en el contrato de alquiler —dijo papá—. Ya lo veremos.

—Bueno, si queréis saber lo que pienso, todo esto resulta muy raro. —Pauline cortó un trozo de filete y se lo llevó a la boca con gracia—. Está realmente *délicieux*, querida mamá.

Mamá asintió.

—Gracias, Pauline. Por lo menos alguien aprecia mi comida —dijo entonces. Las fabulosas dotes culinarias de mi madre habían quedado un poco eclipsadas por el debate en torno a la casa flotante y, como siempre, le costaba dejar de ocupar el centro de atención por unos minutos.

—Está realmente delicioso, mamá —corroboré con remordimientos.

—Sí, ya se ve, ya. —Lanzó una mirada de reproche a mi plato, que aún estaba casi lleno. La excitación me impedía probar bocado—. Pero vamos, Joséphine, come un poquito, que estás demasiado delgada.

Con gesto obediente me llevé el tenedor con un poco de gratén a la boca.

—Pero, si Lafôret no hubiera pagado el alquiler, entonces se le podría echar, ¿no? —pregunté entonces.

—Sí, en ese caso, sí —dijo Pauline—. Pero, si lo ha ido pagando, será difícil, hermanita. Lo siento mucho.

—Pero debe haber una forma de librarse de ese tipo —objeté—. No hay derecho. ¿Voy a tener que esperar cinco años, o qué? A fin de cuentas, ¡la casa flotante es mía!

—Sí, ya lo has dicho cinco veces. Pero eso no cambia el hecho de que los inquilinos de casas flotantes también tienen derechos. Aunque el propietario cambie, a ellos no se les puede echar. Eso se lo debes agradecer a los legisladores.

—No, mejor agradéceselo a tu tío —dijo mamá sirviéndose más judías verdes—. Albert nunca logró hacer nada de provecho. Y, al parecer, también fue incapaz de hacer un buen testamento. Muy propio de él. Incluso después de su muerte, tu hermano sigue causándonos problemas y molestias, Antoine.

—¡Isabelle, te lo ruego! —Papá se removió incómodo en su asiento tapizado—. Ya basta con eso. Por lo menos, tuvo en cuenta a Joséphine, y no tenía ninguna obligación de hacerlo.

—Bueno, eso no cambia nada. —Pauline, como siempre, estaba completamente del lado de mamá—. Sea como sea, no era lo que se dice una persona previsora. Con este inquilino, el valor de venta del barco se reduce de forma significativa. Esto es así. —Cogió la fuente del gratén y se volvió hacia papá—. Además, la venta en sí también será más complicada. No estoy muy segura de que Bailleul quiera comprar el barco en estas circunstancias. ¿Has hablado ya con él?

Papá asintió.

—Sí, así es. Cuando le hablé de la casa flotante se entusiasmó y quiso saber más. Le propuse quedar para cenar la semana próxima. Y creo que, en cualquier caso, deberíamos hacerlo. —Esbozó una sonrisa salomónica—. De un modo u otro, con suerte para entonces ya tendremos el contrato y lo podremos examinar. Quizá no sea tan hermético como Lafôret se cree. ¿O es que ese hombre tiene conocimientos jurídicos?

—¿Monsieur Lafôret? —Estuve a punto de echarme a reír—. No, seguro que no.

—Bueno, pero probablemente sí conoce sus derechos —refunfuñó Pauline—. Hoy en día los conoce cualquier cretino que incendia un coche. En caso necesario, vas a tener que ofrecer un acuerdo a ese caballero. Quizá entonces acepte.

—¿Una indemnización? ¿Quieres decir que, después de llevar todos estos años viviendo prácticamente de gorra en la casa flotante, se supone que voy a tener que rascarme el bolsillo y pagarle? —repuse indignada—. Por nada del mundo.

Clavé un trozo de carne en el tenedor, deseando, contra toda lógica, no saber nada más de Maxime Lafôret, que se desvaneciera en el aire y desapareciera de mi casa flotante porque, al llevar mucho tiempo retrasado con el alquiler, temiera una disputa legal.

Pero, como era de esperar, no me hizo ese favor. Maxime Lafôret cumplió su palabra. Dos días después de nuestro choque nocturno en La Princesse de la Loire, me encontré una carta en el buzón. Dentro del sobre estaba el contrato de alquiler, al cual Lafôret había adjuntado una pequeña nota manuscrita que me costó descifrar.

> Querida mademoiselle Beauregard:
>
> Adjunto, tal y como solicitó, una copia del contrato de alquiler. No olvide, por favor, facilitarme sus datos bancarios para que pueda modificar la orden de transferencia durante la duración del actual contrato de alquiler. Espero que ya se haya tranquilizado después de su incursión nocturna en mi casa flotante. Su tío siempre fue un hombre muy sereno y amable, pero por desgracia parece que ahora usted va a ser mi nueva arrendadora. Con todo, confío en que el alquiler de los próximos cinco años transcurra de común acuerdo.

Si tiene más preguntas, puede contactar conmigo en la casa flotante o en mi número de teléfono móvil. (Aquí había anotado su número).

Atentamente,

MAXIME LAFÔRET

Leí su nota rechinando los dientes. ¿Mi incursión en su casa flotante? Él era quien se había comportado de forma grosera y ofensiva. Eché un vistazo rápido a las páginas del contrato, las fotografié con el móvil y las envié al bufete de mi padre. Todo indicaba que Lafôret no tenía intención de pasar en la casa flotante ni siquiera un día menos de lo que le correspondía según el contrato. Con todo, yo esperaba de corazón que Pauline y papá encontraran alguna imprecisión o se les ocurriera un modo de rescindir ese acuerdo.

Tal y como papá había supuesto, el contrato indicaba la cuenta bancaria del tío Albert. Pertenecía a una sucursal del Crédit Agricole de Champagne-Bourgogne, a la que en teoría se habían debido enviar todas las transferencias de monsieur Lafôret.

Al cabo de unos días, era más que evidente que yo lo tenía realmente difícil. El contrato estaba en regla y era legalmente vinculante. Además, Lafôret había pagado el alquiler siempre puntualmente. No se había retrasado jamás en los pagos, así que no podía demandarle.

—¡Maldita sea! —dije—. ¿Qué podemos hacer?

—No mucho, me temo —respondió Pauline, que me había llamado—. Podrías alegar necesidad propia, pero, incluso así, no te librarías de Lafôret de inmediato. Es preciso avisar al inquilino con seis meses de antelación y este debe tener un ingreso mínimo. Además, sería preciso que te empadronaras en el barco. Pero, si no resides realmente ahí, te podrían demandar, así que yo de ti iría con mucho cuidado. —Se quedó callada un momento—. No, no. Lo mejor sería llegar a un acuerdo con Lafôret. Reúnete con él y ofrécele un trato razonable, quizá entonces acepte.

—¡Oh, Pauline! —suspiré. La mera idea de volver a hablar con Lafôret y pedirle algo me resultaba insoportable—. Ese hombre es sencillamente espantoso. Soy incapaz de negociar con él. ¿No podrías encargarte tú de eso, quiero decir, como mi abogada?

Mi hermana se lo pensó un momento.

—De acuerdo —dijo entonces, y en ese momento le perdoné todas sus burlas e incluso su collar de perlas.

—Gracias, Pauline —dije sintiéndome aliviada. Y entonces me vino a la cabeza otro asunto.

—Oye, una cosa... Si Lafôret siempre ha pagado el alquiler, todavía debe de haber algo de dinero en la cuenta —pregunté esperanzada.

—En principio, sí —dijo Pauline. A continuación, pasó a explicarme que en los primeros años se habían hecho algunas retiradas de efectivo pero que más adelante el alquiler mensual se había transferido directamente a la residencia de ancianos—. Por supuesto, puedes disponer libremente del dinero que quede en la cuenta después de presentar el certificado de defunción y el testamento al banco.

—Perfecto —dije—. ¿Y eso cuánto es?

—Bueno —respondió Pauline y se echó a reír—. No te alcanzará para dar la vuelta al mundo.

La cuenta del tío Albert tenía la impresionante suma de ochocientos veinticinco euros. Con eso ni siquiera habría podido pagar mi alquiler.

6

Richard Bailleul era un hombre amable de pelo rizado y rojizo que llevaba gafas de montura dorada y tenía la irritante costumbre de guiñar el ojo.

Cuando llegué, con unos minutos de retraso, a la Brasserie Lipp, donde habíamos quedado para almorzar, papá y Pauline ya se encontraban sentados a la mesa con el joven colega abogado. Papá me hizo señas para que me acercara y, cuando me presentó, Bailleul se levantó de un salto que estuvo a punto de derribar su silla y me guiñó un ojo.

—*Enchanté*, mademoiselle Beauregard. —Guiño, guiño—. Estoy realmente encantado de conocerla. —Guiño, guiño—. Su padre me ha hablado mucho de usted.

Guiño, guiño, guiño.

—Ah..., ¿sí? —Di un paso atrás y me quedé mirando fijamente al abogado, que debía de tener más o menos mi edad. ¿Qué le habría contado papá de mí para que este hombre me guiñara el ojo con tanta confianza?

—El año próximo, monsieur Bailleul será socio júnior de nuestro bufete —comentó papá con satisfacción—. Y está muy interesado en tu casa flotante, Joséphine. ¿No es así?

—Oh, sí, desde luego —repitió Bailleul—. ¿Sabe, mademoiselle Beauregard? Llevo mucho tiempo soñando con tener un barco de esos. Y me siento enormemente agradecido de que su padre haya pensado de inmediato en mí para esta cuestión. —Sonrió y guiñó el ojo. Yo no sabía muy bien adónde mirar. Incómoda, aparté la mirada y me volví hacia mi hermana sin saber qué pensar, mientras papá hablaba con monsieur Bailleul.

Pauline esbozó una sonrisa inescrutable, y no fue hasta que todos hubimos tomado asiento que caí en la cuenta de que aquellos guiños del futuro socio júnior del bufete Beauregard eran sin duda una afección nerviosa ocular, un movimiento involuntario del párpado que fue disminuyendo durante la comida sin llegar a desaparecer del todo.

Mientras el camarero servía la *choucroute spéciale au jarret de porc* con manzana caramelizada, estuvimos charlando de esto y aquello. Alabamos el vino y la comida, nos quejamos un poco del tiempo gris y lluvioso de París y de la aburrida programación de cine.

Richard Bailleul me sonreía cada vez que yo levantaba la vista de mi plato. Comía con entusiasmo su plato de chucrut con salchichas y carne, y no dejaba de repetirme lo contento que estaba de trabajar con mi padre y mi hermana, dos grandes abogados de los que él podía aprender tantas cosas. Por su parte, papá no dejaba de ensalzar las virtudes del joven, que no solo era un excelente activo para el bufete, sino también un apasionado jugador de tenis y un amante de la ópera italiana.

—Quizá le gustaría acompañarme algún día, mademoiselle Beauregard. Sería un honor para mí. —Guiño, guiño.

—¡Es una gran idea! —dijo papá con alegría—. A Joséphine le encanta la música, ¿sabe usted?

—Sí, de pequeña nos sacaba de quicio con la flauta dulce —añadió mi hermana, y todos se echaron a reír. Parecíamos ser ya una gran familia feliz.

—¿Qué le pasa a ese hombre? —le pregunté a Pauline cuando, tras tomar el plato principal, nos fuimos juntas a los aseos—. ¿Guiña siempre el ojo así? Me pone de los nervios.

Pauline se puso delante del espejo y frunció los labios.

—Acabas acostumbrándote —explicó con una sonrisa—. Yo ya ni me doy cuenta. Dejando esto de lado —añadió mientras se repasaba los labios y contemplaba el resultado con una sonrisa de satisfacción—, es un hombre atractivo. Además, es de buena familia. Y tiene el capital necesario para comprar una casa flotante. Por si fuera poco, salta a la vista que te encuentra encantadora.

Se quedó mirando el espejo y escrutó mis mejillas sonrojadas y mis rizos castaño oscuro, que caían sueltos sobre los hombros.

—Blanca como la nieve, roja como la sangre, negra como el ébano. Tú podrías ser la hermana de Blancanieves. —Sonrió y nuestras miradas se encontraron en el espejo.

—¿Y se supone que Richard Bailleul sería el príncipe? No estarás hablando en serio, ¿verdad? ¿Es algo que has tramado con papá? ¿O con mamá? ¿Acaso esta comida es algo así como una cita a ciegas? —pregunté.

—No del todo, pero algo hay —respondió Pauline metiéndose el pintalabios en el bolso—. ¿Y por qué no? Richard Bailleul es un buen partido. Y está soltero.

Me miró con sus grandes ojos castaños y, por una fracción de segundo, pensé que sabía lo de mi relación con Luc Clément.

—¿Por qué hablas de un modo tan raro? —Noté con disgusto que me sonrojaba.

—¿Cómo que raro? —respondió ella con tono despreocupado—. Lo que digo es que en París no andan sueltos muchos solteros de esta categoría. Además, es muy simpático.

Sonreí con alivio. Ella no sabía nada.

—Los años pasan, querida Joséphine.

—Los años pasan para todos, querida Pauline —repliqué.

—Sabes exactamente lo que quiero decir. Mamá se está empezando a preocupar.

Sonrió.

—Sí, lo sé, ¡pero ya podéis olvidarlo! No hay nada que hacer con ese príncipe guiñador.

—Tal vez no deberías ser tan categórica, hermanita. —Pauline se pasó el pelo por detrás de la oreja y contempló complacida su peinado—. Es una persona muy agradable. Dale una oportunidad y, al menos, ve a la ópera con él. Sería bonito que la casa flotante se quedara en la familia.

Ella entonces también guiñó, pero su actitud era más bien conspirativa.

—Gracias, pero ya elegiré yo a mis hombres. Aunque debo admitir que la idea de la casa flotante suena tentadora.

—Pero hasta ahora no hemos visto a ningún hombre a tu lado.

—Eso pronto cambiará.

—*Oh là là!* ¿Y cuándo se supone que será eso?

—Para Navidad —espeté.

Pauline enarcó las cejas, sorprendida, y yo me mordí los labios. «Eso ha sido una tontería, Joséphine —me reprendí—. Has permitido que te provocase».

—Oh —dijo Pauline—, ¿me he perdido alguna cosa, hermanita?

—No —me apresuré a responder—. Olvídalo.

Cuando regresamos a la mesa, papá nos esperaba con impaciencia.

—¡Ya estáis aquí, hijitas! —exclamó—. Ahora mismo queríamos hablar de la casa flotante.

Primero se sirvió el postre —pera caramelizada al vino tinto sobre *mousse au chocolat*— y luego Richard Bailleul planteó todas las preguntas que tenía sobre la casa flotante. Yo las respondí lo mejor que supe. Saqué del bolso la carpeta con la documentación y Bailleul se enfrascó en el análisis de la descripción de la casa flotante, las fotografías adjuntas y el plano.

—Es justo lo que buscaba —dijo y, detrás de las gafas doradas, los párpados se le agitaron con entusiasmo—. Ni demasiado grande, ni demasiado pequeña. —Levantó la vista—. ¿Y usted heredó ese barco de su tío? ¡Qué suerte tan extraordinaria!

—Sí —dijo papá—. La embarcación pertenecía a mi hermano. Joséphine incluso viajó en ella cuando era una niña.

—Qué bonito. Eso la hace incluso más valiosa para mí —dijo Bailleul con galantería—. Sin duda, debe usted tener una idea de lo que quiere por ella.

—Sí —respondió Pauline, que ya se había puesto en contacto con un agente inmobiliario. Estuve a punto de desmayarme al oír la cantidad que al parecer se podía conseguir por esa casa flotante antigua. Se trataba, claro está, del precio de un barco sin inquilino—. Pero antes, monsieur Bailleul, debe echar un vistazo al barco. Y luego seguiremos hablando. ¿De acuerdo?

Me quedé mirando a Pauline con asombro y ella me hizo un ademán para que no dijera nada. Quizá quería ganar tiempo hasta resolver el asunto con Lafôret. De momento, él todavía no había respondido a su carta.

—De acuerdo —dijo Bailleul—. Me parece correcto. ¿Y cuándo podría ver el barco? Espero que no tenga inconveniente en que me acompañe un experto —preguntó volviéndose de nuevo hacia mí.

—Por supuesto, no hay problema —respondí—. ¿Le iría bien este fin de semana? ¿El viernes, quizá? ¿O el sábado? Voy a tener que avisar de la visita.

—¿Avisar de la visita? —Richard Bailleul parpadeó irritado—. ¿Acaso hay alguien viviendo en esa casa flotante?

—Bueno, lo que ocurre es... — empecé.

—En efecto, ahora mismo está ocupada por un inquilino —dijo Pauline interrumpiéndome y dirigiendo una sonrisa inocente a su futuro socio júnior—. Se trata de un amigo de mi tío, un hombre muy agradable y sociable que ha conservado el barco en muy buen estado todos estos años. Pero no se preocupe, en breve lo va a dejar. Ya ha sido informado de que Joséphine tiene la intención de vender el barco.

De la manera en que Pauline presentó la situación, todo parecía muy sencillo. El amable inquilino ya había sido informado y pronto se marcharía.

—¡Ah, perfecto! —respondió Bailleul más tranquilo—. Si compro el barco, me gustaría usarlo pronto, claro está. Me gustaría hacer mi primera excursión por el río en primavera.

—Y lo hará, querido Bailleul —dijo papá con una sonrisa—. Estoy seguro de ello. —El optimismo de papá me sorprendió—. Solo una cosa: le ruego que avise a tiempo de su intención de tomarse unas vacaciones.

Todos nos reímos, incluso yo. Al poco rato, salimos animadamente de la Brasserie Lipp.

Ya en la calle, Richard Bailleul me entregó su tarjeta de visita.

—Tengo muchas ganas de volver a verla, mademoiselle Beauregard —me dijo guiñando con alegría—. Me muero de ganas de ver la casa flotante.

—Igualmente, monsieur Bailleul —respondí con una sonrisa, sorprendida al darme cuenta de que lo decía de verdad—. Le gustará La Princesse de la Loire. Esa barcaza desprende energía positiva.

«Desprendía», me corregí mentalmente.

Intenté borrar de mi mente la imagen de Lafôret, de pie en la cubierta como una sombra siniestra y riéndose con sorna de mí.

—¿La Princesse de la Loire? —repitió Bailleul—. ¡Qué nombre tan bonito! Sin duda se refiere a usted, ¿no?

Sonreí halagada.

—Oh, bueno… Es una larga historia

—¿Tal vez me la querrá contar en breve?

—Tal vez —dije—. *Au revoir*, monsieur Bailleul.

Después de la comida en la Brasserie Lipp, tenía previsto pasarme por la editorial para despedirme. Entretanto, ya había terminado la traducción y se la había enviado por correo electrónico a la editora. Bajé a paso tranquilo por el boulevard Saint-Germain y contemplé el café Les Deux Magots, en cuya fachada, ya decorada para la Navidad, pendía una multitud de lucecitas de colores. Giré a continuación a la derecha para tomar la rue Bonaparte, anduve unos pasos por la rue du Four y tomé la rue des Canettes, donde se encontraba la editorial. «Mi última traducción para Éditions Lassalle», pensé en cuanto crucé el umbral. El pequeño patio empedrado parecía desierto. El mostrador de recepción estaba vacío y, cuando llamé a la puerta del editor, tampoco lo encontré. Aquel día solo estaba Annie, una de las editoras. Cuando entré en su pequeño despacho, estaba de pie entre montones de papeles y libros y me miró con tristeza.

—Hola, Joséphine.

—¡Hola! Ya me han informado. Lo siento mucho —dije—. Solo venía a saludaros.

—Sí. —Annie parecía bastante abatida—. Ahora habrá que ver qué ocurre. Yo, dentro de la desgracia, he tenido un poco de suerte. Voy a encargarme de una sustitución por maternidad en Fayeux. Por ahora tengo trabajo asegurado durante un año. Pero Sophie aún no ha encontrado nada. Está pensando en establecerse por su cuenta como agente literaria, pero no es fácil. El pastel está repartido y la mayoría de los autores ya tienen sus agentes. —Miró con tristeza las cajas que ya había empaquetado—. Ahora todo termina muy deprisa. ¿Y cómo te van a ti las cosas?

—Por desgracia, aún no tengo ningún encargo nuevo. Pero, si necesitas una traductora, o sabes de algo, por favor, acuérdate de mí.

Ella asintió.

—Lo haré.

—He trabajado muy a gusto con vosotros —dije—. Es una lástima que hoy en día las pequeñas editoriales apenas puedan sobrevivir. ¿Dónde está monsieur Lassalle? Me escribió una carta muy bonita y me gustaría despedirme de él en persona.

—Lassalle tiene la gripe. Ha pillado una buena esta vez. Ahora en París hay una epidemia grave de bronquitis. ¿Quieres que te llame cuando él esté de vuelta?

—Sí, estaría muy bien. —Me quedé en silencio un momento—. Este año ya no habrá fiesta de Navidad en el Bonaparte, ¿verdad? —pregunté entonces.

—No, no creo. Ya no hay nada que celebrar.

—Las fiestas en el Bonaparte fueron siempre geniales. No las olvidaré nunca. —Sonreí animosamente a Annie—. Y a vosotros tampoco. Seguimos en contacto, ¿vale? Cuando todo esto acabe, tal vez podremos ir a tomar un café juntas. Quizás para año nuevo.

—Eso está hecho, Joséphine.

Para entonces ella también sonreía.

Charlamos todavía un rato; luego, me despedí y regresé algo vacilante por el patio oscuro, salí a la calle y cerré la puerta del portal. Costaba un poco cerrarla. Me resultaba difícil pensar que en pocas semanas esa editorial iba a dejar de existir. Sin embargo, mientras avanzaba por la rue des Canettes, ya decorada para la Navidad, de pronto me vinieron a la cabeza las palabras de mi editor.

Las cosas nunca terminan de verdad. Simplemente, cambian.

Me esforzaría por encontrar nuevos encargos, escribiría a otras editoriales, haría nuevos contactos, abriría otras puertas. Yo era una buena traductora, de hecho, muy buena; no tenía por qué aparentar falsa modestia. Debía retomar las riendas de mi vida, salir de mi torre de marfil y no esperar a que otros decidieran por mí.

Mientras caminaba bajo esas bolitas plateadas y doradas que se extendían como un toldo brillante sobre toda la calle, me invadió una sensación de confianza. Contemplé las tiendecitas con sus escaparates relucientes, me fijé en una pareja de enamorados muy juntos ante una joyería buscando anillos y vi a una niña con un gorrito rosa que iba sentada sobre los hombros de su padre tendiendo las manos hacia las bolas brillantes y soltando grititos de alegría.

Y, por primera vez en mucho tiempo, empecé a esperar con ilusión la Navidad.

7

Sobre el escritorio, ante mí, tenía la odiosa nota manuscrita con el número de teléfono de Maxime Lafôret. Ya solo la mala letra de ese hombre me sacaba de quicio. Podría haberse esforzado un poco. Entrecerré los ojos para descifrar el último número. ¿Eso era un tres o un nueve? Me decidí por el nueve, e inspiré profundamente cuando se estableció la conexión. No permitiría que me provocara. Conservaría la calma y acordaría una cita con él. Al fin y al cabo, los dos éramos personas adultas, hechas y derechas.

—*Allô?* —Una voz masculina respondió de forma breve y concisa.

Vacilé un instante. ¿Había llamado a la persona correcta?

—*Bonjour* —respondí intentando adoptar el tono más profesional y amable posible—. ¿Estoy hablando con… Maxime Lafôret?

—No me interesa —atronó con indignación esa voz. Era Lafôret, sin duda, pero, antes de que yo pudiera decir nada, colgó.

Por un momento me quedé sin habla. ¿Quién se había creído que era? Volví a marcar el número, decidida a no permitir que se volviera a librar de mí.

Al quinto tono, contestó.

—Monsieur Lafôret... —Empecé a decir.

—Escúcheme: no. No necesito cambiar el contrato de telefonía móvil. Ni aunque se trate de la tarifa Smartphone Super Plus de Orange —espetó—. Pierde usted el tiempo y, más importante aún, me está haciendo perder el mío.

—¡No, un momento! —me apresuré a decir—. Soy Joséphine Beauregard.

—¿Joséphine Beauregard? —Hizo una pausa, desconcertado—. ¿Y eso? —preguntó—. ¿No me diga que ahora se dedica a vender contratos de telefonía?

—¿Cómo? ¡No! ¡Claro que no! —respondí—. ¿Cómo se le ocurre algo tan descabellado?

—Una comercial de Orange me ha llamado ya tres veces esta mañana para convencerme de que cambie mi contrato de móvil. Poco a poco esa mujer ha ido sacándome de mis casillas.

—Sí, pero no era yo —expliqué con rotundidad.

—Ya veo. —Por un momento, guardó silencio—. ¿Y usted qué quiere de mí?

Era como si lo tuviera delante, con los ojos en blanco y expresión de disgusto. Decidí no hacer caso de sus groserías. Seguramente no podía evitar ser como era.

—El caso es que... —empecé a decir.

—Ya le hice llegar el contrato de alquiler. ¿Hay algo que no esté bien?

—No, no. El contrato está perfectamente. Por desgracia.

—¡¿Cómo?!

—Eh... Nada —me apresuré a asegurarle—. Oiga, monsieur Lafôret, me gustaría quedar con usted.

—Dígame, le escucho.

—Tengo una persona interesada en comprar la casa flotante. ¿Sería posible visitar el barco el viernes por la tarde?

Pareció pensar un momento.

—El viernes no me va bien. Es la boda de mi amigo.

—¡Oh, sí, cierto! Ese con el que salió de copas el otro día antes de que... Bueno, mejor que lo dejemos.

—Sí, mejor.

—¿Y el sábado por la mañana?

—¿Está usted loca? Me acostaré tarde.

—Vale, pues el sábado por la tarde. —Intenté que se comprometiera—. A las tres.

Para entonces, Lafôret probablemente ya habría dormido la mona.

—A esa hora tengo una cita.

—Sí, ya, me lo había imaginado. —Suspiré. De ese modo, jamás acordaríamos ninguna hora—. Pero ¿sabe qué? Da igual —dije con toda la amabilidad que me fue posible—. ¿Por qué no acude usted a su cita y nosotros entretanto le echamos un vistazo al barco? Por suerte, tengo las llaves.

La perspectiva de que Maxime Lafôret no estuviera ahí me levantó mucho el ánimo. Todo sería mucho más fácil sin ese personaje entrometiéndose de mala gana todo el rato y haciendo comentarios sin que nadie se los pidiera.

—Vale —dijo—. ¿Eso es todo? ¿O acaso tiene usted otra cosa más que decir?

—No, eso es todo. ¿Qué más debería decirle a usted, monsieur Lafôret?

—Bueno, tal vez que lamenta su comportamiento de la semana pasada. Si quiere saber mi opinión, me parece que se pasó de la raya.

—Pero no se la he pedido, monsieur Lafôret. Usted tampoco se comportó precisamente como un caballero. Si se acuerda, estuve a punto de llamar a la policía.

—Sí, y se habría puesto en ridículo. No tenía ninguna autorización para subir al barco. Y mucho menos para acostarse en mi cama.

Puse los ojos en blanco.

—Bueno, digamos que empezamos con mal pie —admití. No tenía sentido discutir con ese idiota engreído. Hasta vender el barco iba a tener que armarme de paciencia—. Deberíamos procurar llevarnos bien, monsieur, al menos mientras usted sea el inquilino de mi casa flotante.

—Esta es la primera cosa sensata que le oigo decir.

Me abstuve de replicar.

—Dígame, ¿ha recibido ya la carta de mi abogada? —pregunté en su lugar.

—¿A qué carta se refiere? ¿Es que aún pretende demandarme?

Parecía no saber de qué le hablaba. Posiblemente, el escrito de mi hermana aún no le había llegado.

—No. Nos gustaría proponerle algo, monsieur Lafôret.

—¿Una proposición? ¡Me tiene intrigado! No será una proposición indecente, ¿verdad? —dijo con tono burlón.

—Desde luego que no —respondí sin inmutarme—. Pero tal vez pueda ser interesante para usted.

Por supuesto, confiaba en que Lafôret aceptaría el trato que le proponía. Sin duda, a alguien como él ese dinero le vendría muy bien; además, la suma que Pauline le ofrecía a cambio de renunciar al contrato, aunque no era enorme, no estaba mal cuando apenas requería nada por su parte.

—Ahora sí que ha despertado mi curiosidad, mademoiselle Beauregard —respondió con ironía.

—Bien, me alegro —dije—. Así pues, el sábado a las tres iré de visita acompañada del posible comprador. Por cierto, monsieur Lafôret...

—¿Sí?

—Sería de agradecer que el barco estuviera más o menos presentable.

Antes de que él pudiera responder, colgué.

Un pálido sol de invierno brillaba en el cielo cuando, a primera hora de la tarde del sábado, recorría el paseo marítimo del puerto de los Campos Elíseos en dirección al puente Alexandre III, seguida por Richard Bailleul y el tasador André Petit.

El aire era glacial; sin embargo, junto a nosotros se deslizó un barco de recreo repleto de turistas que saludaban alegremente, procedente de Notre-Dame y en dirección hacia la torre Eiffel, que asomaba a lo lejos. A su paso, el Sena se agitó contra el muro de piedra, haciendo oscilar las casas flotantes que había allí amarradas.

—¿Queda mucho aún? —preguntó Bailleul dedicándome con amabilidad un guiño desde sus gafas. Estaba contento, como un niño. El tasador, en cambio, que caminaba detrás de nosotros envuelto en su largo abrigo negro, no hizo ni una mueca.

—No, ya casi hemos llegado. Ahí está. Ese es La Princesse de la Loire.

Bailleul dejó oír un gritito de alegría al ver la casa flotante de color azul. No parecía haber nadie en ella, así que saqué con alivio las llaves del bolso. Todo indicaba que el pájaro había volado del nido. De momento, las cosas iban según lo previsto.

Subimos a cubierta y, mientras yo le hacía notar a Richard Bailleul que la barcaza disponía de un timón exterior y otro interior, monsieur Petit palpaba las paredes y sacudía la barandilla. A continuación, observó detenidamente las tablas del barco y se balanceó encima de algunas para comprobar su estado.

—Aquí hay una zona podrida —le dijo a Bailleul—. Habrá que cambiar la madera, pero no es gran cosa.

Richard Bailleul asintió.

—Sí, sí.

Estaba demasiado impaciente por entrar por fin en el barco.

Abrí la puerta y pasé primero; bajé los escalones y entré en la cabina. Saltaba a la vista que Lafôret había tomado buena nota de lo que le había pedido. Todo estaba ordenado. Solo en el cenicero de la mesa delante del banco había un par de colillas.

Bailleul entró detrás de mí. Complacido, dejó vagar la mirada por la zona de comedor y la pequeña cocina bajo la ventana.

—Muy bonito —dijo—. Me gusta. —Entonces reparó en el cenicero—. ¿El actual inquilino es fumador? —quiso saber.

—Pues, la verdad, no lo sé —respondí con sinceridad—. No hace mucho que le conozco.

—Ah, ¿no? —Bailleul se volvió hacia mí—. Creía que era amigo de su tío.

—Sí, sí, así es. Es solo que hacía años que yo no tenía contacto con mi tío. Él vivía en Borgoña. Y murió de repente.

—Oh, entiendo... Ya veo. —Guiñó los ojos con simpatía—. Por favor, discúlpeme, no pretendía ser indiscreto.

Monsieur Petit entretanto golpeaba los marcos de las ventanas y las abría para probarlas.

De pronto, se oyó un leve arañazo tras la puerta del camarote, seguido de un gemido.

—¿Qué es eso?

Bailleul me dirigió una mirada interrogante y luego abrió y cerró los ojos varias veces.

¿Acaso Lafôret había dejado su chucho en el barco?

—Podría ser el perro de monsieur Lafôret. Creí que se lo había llevado consigo.

Abrí con cuidado la puerta que daba al camarote y un pequeño bicho peludo salió disparado, olisqueando excitado los zapatos a medida negros del abogado. Bailleul levantó las manos con gesto de rechazo; saltaba a la vista que desconfiaba bastante de los perros.

—¿De dónde ha salido el perro? —preguntó incómodo mientras Filou parecía haber tomado gusto a las perneras de su pantalón. Lanzó unos ladridos breves, sacudió la cola y luego tiró de la tela.

Observé que Bailleul se había quedado paralizado.

—¡Oh, no es más que Filou! —dije intentando tranquilizarle—. No tenga miedo, solo quiere jugar.

Como respondiendo a una orden, Filou volvió a soltar un gemido y empezó a dar vueltas en torno al abogado, que seguía inmóvil.

—¡Filou! ¡Ven! —exclamé—. ¡Filou! ¡Para!

Pero Filou no me hacía caso. Entre fuertes ladridos, empezó a saltar en torno a Bailleul, al cual había elegido como víctima. Sin duda, lo había tomado por un intruso y el animal intentaba defender el barco. Bailleul estaba lívido.

—¡Llévese al perro! —Alterado, guiñaba los ojos mientras yo intentaba cumplir con lo que me pedía arrojándome sobre Filou, que para entonces parecía haber enloquecido por completo, mientras monsieur Petit contemplaba el espectáculo desde la ventana. Solo era el tasador y no sentía la necesidad de intervenir.

Por fin, con la respiración entrecortada, logré asir a Filou, que seguía ladrando y ahora intentaba morderme la mano.

—Ya está, ya está..., no pasa nada —murmuré mientras pensaba en la desfachatez de Lafôret por haber dejado solo a su perro cuando sabía que se había acordado una visita.

Entonces oí una voz que me resultaba conocida.

—¡Filou! ¡Ya basta! ¡Quieto!

Filou obedeció de inmediato.

Maxime Lafôret, apoyado contra la puerta del camarote, vestido en camiseta interior y bóxer, nos miraba con enojo.

—¿A qué viene todo este escándalo? —dijo—. ¿Acaso no puede uno ni siquiera dormir?

—¿Y este quién es? —exclamó Richard Bailleul guiñando los ojos.

—Este —repuse mientras me incorporaba— es mi inquilino. Permítanme presentarles: Maxime Lafôret, Richard Bailleul.

—Mucho gusto —farfulló Bailleul, incómodo, con la mirada clavada en ese hombre semidesnudo de brazos musculosos y con una presencia física tan provocadora como la del joven Marlon Brando en *Un tranvía llamado Deseo*. Aquella situación parecía haber desbordado por completo al pobre abogado.

Lafôret no dijo nada. Se quedó con los brazos cruzados, rascándose pensativo la barbilla sin afeitar.

—¡Aaah! ¡Cierto! El «posible comprador». Lo había olvidado! Esta noche ha sido larga. —Nos saludó con un ademán de cabeza y una sonrisa. Al parecer, no consideraba apropiado disculparse—. ¡Por favor, caballeros, no quisiera molestarles! ¡Siéntanse como en casa! ¿Cómo se dice? «Mi casa es su casa».

Dicho esto, Lafôret pasó por delante de los dos hombres estupefactos y se encaminó hacia la cocina de gas, cogió una sartén que colgaba de la pared y empezó a freír una tortilla haciendo un gran estruendo.

—¡Una gran actuación, monsieur Lafôret! ¡De cine! —le espeté enfadada después de que monsieur Bailleul y el tasador desaparecieran dentro de su camarote. No quería ni pensar cómo debía de estar aquello, con la cama por hacer y posiblemente toda la ropa tirada por el suelo—. ¿Está usted mal de la cabeza? ¿Qué significa todo esto? Teníamos un acuerdo muy claro. Usted me dijo que se ausentaría.

—Eso lo dijo usted, mademoiselle.

Apoyó la espalda contra la encimera, cogió un trozo de tortilla de la sartén y se lo metió en la boca.

—Este es mi barco. A ver cuándo se le mete en la cabeza. Usted no puede echar por tierra esta visita sin más. ¿Quién se ha creído que es?

—Oh, mademoiselle Beauregard, yo aquí solo soy el inquilino —dijo con tono despreocupado—. ¡Ah, sí, por cierto! Tengo la intención de quedarme. —Me miró y enarcó las cejas—. Ya recibí la carta de su abogada. ¿De verdad creyó que me sacaría de aquí a cambio de una indemnización? Esto no es una cuestión de dinero, entiéndalo de una vez.

—¿De verdad cree usted que podrá impedir la venta del barco con estas ridiculeces?

Le dirigí una mirada furiosa.

Lafôret se encogió de hombros y siguió comiendo la tortilla sin inmutarse.

—¡Por Dios! ¿Dónde se crio usted? Vamos, deje la comida y póngase algo de ropa.

—Lo haré —dijo— en cuanto esos caballeros salgan de mi camarote.

La tarde no acabó bien. Bailleul se fue alterando por momentos, lo notaba por sus guiños. Lafôret, en efecto, se puso unos vaqueros y un jersey, pero luego hizo honor a su nombre* y, enfundado en sus botas, empezó a patear la cubierta abrigado con su chaqueta Barbour de color fango, como si fuera un guardabosques patrullando su territorio. Con actitud solícita, en realidad demasiado solícita, le fue pisando los talones a monsieur Petit, contándole información de interés sobre la casa flotante de mi tío. De pronto empezó a hablarle de una gotera que había arreglado de manera provisional.

---

* *Forêt* en francés significa «bosque». *(N. de la T.)*.

—Aunque, claro está, eso solo ocurre cuando llueve mucho —señaló tras comentar que el techo ya no era impermeable— y, en esos casos, uno siempre puede poner un cubo debajo, ¿no le parece? —Se echó a reír y me miró de reojo—. ¡Ah! ¡Una cosa más! —El guardabosques se inclinó hacia Petit y le susurró algo al oído. Vi que Bailleul se estremecía—. Pero, tranquilo, que cambié los colchones —le oí decir. Lucía una amplia sonrisa—. Dejando esto aparte, es una barcaza estupenda.

André Petit asintió pensativo; la cara de Richard Bailleul era cada vez más sombría. Por mi parte, hice de tripas corazón y mandé a Lafôret al diablo.

Al cabo de un rato, los dos caballeros se apartaron para hablar entre ellos. Al terminar, Bailleul se me acercó con una sonrisa. Para mi sorpresa, seguía queriendo comprar el barco, a pesar de todos los defectos que Lafôret había descrito o inventado tan alegremente para que se echara atrás.

—Me he enamorado de La Princesse de la Loire en cuanto la he visto —me aseguró Bailleul guiñando un ojo—. Y, cuando el amor es de verdad, hay que aceptar que nada es perfecto, ¿verdad?

—No se puede decir mejor, monsieur Bailleul.

Dirigí una mirada triunfal a Lafôret, que se encontraba fumando junto a la barandilla.

Y, entonces, llegó la estocada definitiva.

Lafôret se acercó lentamente hacia nosotros.

—Le entiendo perfectamente, monsieur Bailleul. ¿Sabe? A mí esta vieja barcaza también me encanta. —Palmeó la pared del puente de mando—. Pásese de vez en cuando por aquí, tal vez podríamos pescar juntos. —Cogió la mano de Bailleul, que lo escuchaba atónito, y se la estrechó—. Bien, pues. Estoy muy contento de saludar a mi nuevo casero —dijo—. ¡Por los próximos cinco años en La Princesse de la Loire!

—¿Qué quiere usted decir con «los próximos cinco años»? —intervino monsieur Petit—. ¿Acaso el barco no está desocupado?

—Pero... Yo creía... ¿No se iba a mudar?

Bailleul me miró, confuso.

—¡Oh! ¿No se lo ha dicho mademoiselle Beauregard? —Lafôret sonrió, como un lobo disfrazado de cordero—. Voy a seguir residiendo aquí, en la casa flotante, mientras dure el contrato.

Bailleul empezó a guiñar como loco. Noté cómo me ardía la sangre.

—Bueno, creo que sobre esto aún no se ha dicho la última palabra.

—Yo creo que sí, mademoiselle. —Maxime Lafôret me dirigió una larga mirada—. Yo creo que sí...

Richard Bailleul estaba desconsolado. Después de que todos nos fuésemos de La Princesse de la Loire y de que monsieur Petit se despidiera de nosotros a toda prisa con su abrigo revoloteando al viento, me propuso ir a tomar una copa.

—En fin, creo que ahora mismo me vendría bien un trago —dijo.

Saltaba a la vista que aquella visita lo había afectado bastante. Asentí con la cabeza; después de esa desagradable experiencia a mí también me convenía una copa. Y así fue como acabamos en la Brasserie Le Grand Palais, muy cerca del puente Alexandre III.

—No puedo más que pedirle disculpas —dije mientras tomábamos asiento en una de las mesitas—. A decir verdad, este inquilino me está desquiciando. No tenía ni idea de que estaría en el barco. Le habíamos ofrecido un acuerdo a monsieur Lafôret, pero al parecer...

—... se niega en redondo. —Bailleul terminó mi frase.

—Me parece increíble que una persona pueda ser tan testaruda. —Suspiré—. Siento haberle hecho venir para nada.

—Yo también. —Richard Bailleul tomó un sorbo de su martini y me miró apesadumbrado—. Es realmente una lástima que aún tenga usted un contrato tan largo con ese Lafôret. Evidentemente, en estas circunstancias la compra no me conviene —me dijo—. Seguro que lo entiende.

—Por supuesto —respondí tragándome la decepción con un gran sorbo de Campari con naranja.

—De todos modos, me ha gustado mucho ver su casa flotante. Quién sabe, quizá dentro de cinco años podemos llegar a un acuerdo. —Bailleul sonrió esforzándose por ser amable.

—Sí, quién sabe —repetí abatida.

En el barco, me había enfurecido tanto que de buena gana le habría roto a Maxime Lafôret la cabeza con su sartén; sin embargo, ahora me sentía agotada. ¿Por qué todo tenía que ser siempre tan complicado en mi vida? Tenía novio y no podía presentarlo a nadie; tenía una casa flotante y no podía venderla; era traductora y no tenía trabajo.

De repente, noté la mano del príncipe de los guiños posarse delicadamente sobre la mía.

—No se ponga tan triste, mademoiselle Beauregard. Las casas flotantes están muy solicitadas. Estoy seguro de que al final encontrará un comprador que se quedará el barco con el inquilino —dijo.

—Me temo que va a ser difícil.

Me encogí de hombros.

—Difícil sí, pero no imposible. —Bailleul me apretó por un instante la mano y la volvió a soltar—. De todos modos, claro está, me gustaría escuchar la historia de La Princesse de la Loire. Dentro de quince días se representa *Turandot* en la ópera. ¿Querría acompañarme?

Tras el desastre ocurrido con Richard Bailleul, por consejo de Pauline me puse en contacto con una agente inmobiliaria experta, a la que le conté desde el principio la verdad sobre la casa flotante.

—Lo comprendo muy bien. En este caso, es posible que usted deba rebajar un poco el precio —dijo madame Giry mientras contemplaba la documentación—. Pero lo conseguiremos. Incluso a pesar de que la renta mensual por alquiler esté muy por debajo del precio y eso eche atrás a la mayoría de los compradores potenciales. Siempre hay gente que quiere comprar una propiedad de este tipo.

Me animó mucho, pero, cada vez que aparecía un posible comprador —una anciana adinerada que quería regalar la casa flotante a su sobrino por su trigésimo cumpleaños y lo quería planear con mucha antelación, o el turbio propietario de un garito de juego empeñado en pagar en efectivo y que no dejaba nada claro para qué dudoso negocio pretendía utilizar el barco en realidad, por nombrar solo a unos pocos—, mi insoportable inquilino siempre lograba hacerse notar de tal modo que los ahuyentaba.

No obstante, tras el incidente con monsieur Wong, un empresario chino que dirigía con éxito una cadena de puestos callejeros de comida asiática y que tenía la vista puesta en una casa flotante como inversión, incluso madame Giry tiró la toalla.

Al principio, todo empezó de forma muy prometedora. El hecho de que hubiera un inquilino y de que el alquiler que generaba la casa flotante fuera muy bajo no pareció inquietar a monsieur Wong. La casa flotante le resultaba original. Además, ¿qué eran cinco años en comparación con la eternidad?

Cuando lo hubo visto todo a fondo, juntó las manos y se inclinó con una sonrisa cortés ante el amable y sonriente Lafôret, que se alzaba ante él como un gigante.

—Ha sido un placel, monsié Lafolet —dijo asintiendo; a continuación, se volvió hacia madame Giry y le preguntó—: ¿Cuándo podemos filmal el contlato?

Por un instante, madame Giry fue feliz. Pero entonces Lafôret se rascó la nuca y comentó algo de unas pulgas y chinches, y el delicado monsieur Wong retrocedió horrorizado y salió a trompicones de la cabina como alma que lleva el diablo. Al llegar a cubierta, tropezó de nuevo, esta vez con Filou, que se había soltado de la correa y corría entre los pies del chino. Monsieur Wong, presa del pánico, intentó soltarse, pero cada vez se enredaba más con la correa del perro y pisó accidentalmente la cola de Filou, el cual, a su vez, profirió un agudo aullido de dolor. Sobresaltado, monsieur Wong dio un paso atrás, luego otro, y entonces aquel hombrecillo del País de las Sonrisas perdió el equilibrio y sus manos no encontraron asidero. Cayó de cabeza en las aguas heladas del Sena, sumergiéndose y volviendo a salir mientras gritaba y sacudía los brazos para salvar su vida.

—Debo admitir que estoy algo cansada —me dijo madame Giry cuando me contó el accidente que había sufrido el pobre monsieur Wong—. Cada vez que me dirijo a su casa flotante con un posible comprador, me pregunto qué pasará esta vez.

Asentí con gesto compasivo. La comprendía perfectamente. Con Lafôret uno nunca sabía lo que se iba a encontrar. De todos modos, en cuanto cayó por la borda el chino, que al parecer no había sido instruido en el arte de la natación, él se había lanzado detrás y lo había rescatado del agua.

—Fue como en una comedia de medio pelo, casi daban ganas de echarse a reír. Pero, claro, el contrato se ha anulado. Lástima.

Madame Giry meneó la cabeza y se deslizó sus gafas Chanel redondas y de color gris claro hacia la punta de la nariz.

—Quizá deberíamos volver a intentarlo el año próximo, mademoiselle Beauregard. ¿Sabe? Resulta mucho más fácil vender un barco en primavera que en invierno. —Juntó sus manos con gesto suplicante—. Pero, por el amor de Dios, asegúrese de que ese hombre no esté presente durante las visitas. —Frunció el ceño con actitud reflexiva y se quedó pensando por un instante—. No sé si lo hace a propósito, o si solo es un tonto de capirote —murmuró.

—Créame, lo hace a propósito —le aseguré—. Y tampoco sé por qué me odia tanto.

Y de este modo, la venta de la casa flotante se suspendió temporalmente. Por lo menos durante ese año no habría más visitas a La Princesse de la Loire.

La buena noticia era que tendría un poco de calma y me libraría durante un tiempo de Maxime Lafôret.

Diciembre llegó y pasé los primeros días del periodo prenavideño sumida en emociones encontradas. En ocasiones, me asaltaba la inquietud pensando en cómo saldría todo; en otras, me dejaba llevar por una ilusión infantil, esperando que al final todo saliera bien. Fui a la ópera con Richard Bailleul y pasé una velada muy divertida con él; le conté además mi viaje por el río con el tío Albert. Pauline seguía afirmando que Bailleul era un buen partido; no dejaba de hablarme del joven abogado y conspiraba a mis espaldas con mamá.

Escribí a varias editoriales y me ofrecí para nuevos encargos, pero solo obtuve negativas; lo único que conseguí fue la traducción de una novela policiaca inglesa de calidad cuestionable. Tampoco la remuneración era precisamente opulenta, pero, como necesitaba el encargo, lo acepté.

—¡La vida no para de jugarme malas pasadas! —me lamenté a Cédric—. Primero ese inquilino impresentable del que no me libro ni con agua hirviendo y ahora, por si fuera poco, una novela «de asesinatos».

Cédric se rio.

—¡Ja, ja! La verdad es que tienes un don para las historias desdichadas, *darling* —dijo—. Por cierto, ¿qué se sabe de tu amante secreto? ¿Sigue aún ahí?

Sí, aún seguía. Pero en esos días Luc tenía poco tiempo para mí. Al parecer, su esposa había pillado la gripe que azotaba a París entonces y yacía postrada en cama con una bronquitis grave; por lo tanto, pocas veces podía encontrarme con Luc. Él hacía horas extra en la oficina y, además, en casa tenía que atender a Agnès, que tosía mucho, y a sus hijos. Parecía muy agobiado y yo apenas me atrevía a preguntarle si por fin había hablado con su mujer. Y entonces, en uno de nuestros breves encuentros, cuando volví a quejarme y a decir que no podíamos seguir así, él de repente me anunció que me tenía preparada una gran sorpresa. Muy pronto, añadió con una sonrisa elocuente.

Al día siguiente me dirigí a las Galerías Lafayette. Ya de lejos me deslumbró la magnífica decoración de esos grandes almacenes del boulevard Haussmann, que en las semanas previas a la Navidad resultaban especialmente atractivos para quienes buscaban regalos. Entré ahí y me perdí en el mundo de Frozen, la Reina de las Nieves, que parecía haber convertido ese templo del *art nouveau* y su enorme cúpula en un reluciente palacio de reflejos plateados. Al final, me compré un precioso vestido de terciopelo de color azul noche, con perlitas bordadas tanto en las mangas como en el escote redondo, y que además era escandalosamente caro. Me propuse sorprender con él a Luc por Navidad, cuando fuéramos juntos a casa de mis padres, tal y como me había figurado.

Sin embargo, la mayor sorpresa me llegó de un lugar completamente distinto. Cédric me llevó a una fiesta de Navidad que se celebraba en el Rosa Bonheur sur Seine, y allí coincidí con una persona que nunca hubiera esperado ver en aquella *soirée* tan distinguida.

8

Ya es hora de que mejores la situación de tus encargos editoriales —dijo Cédric una mañana mientras tomábamos un café en el Ten Belles—. Y, además, se me ha ocurrido algo.

Untó con nata cuajada y mermelada de fresa los *scones* que se ofrecían en ese establecimiento y soltó un gemido de placer al llevarse un bocado a la boca.

Estábamos sentados arriba, en el pequeño altillo de su café favorito, situado a pocos pasos del canal, en la rue de la Grange aux Belles, donde a él le gustaba desayunar. En la acera, junto a la puerta principal, un cartel proclamaba «*Drinking good coffee is sexy*», esto es: «Beber buen café es sexy»; y allí el café era especialmente bueno, o eso decía mi amigo. De todos modos, yo sospechaba que Cédric también encontraba bastante sexy al elegante barista que había detrás del mostrador, con su barba de tres días y su gorro negro de lana.

—¿A que es una ricura? —me preguntó, mirando a través de los balaustres del altillo hacia abajo, donde el hombre del gorro de lana bromeaba con un cliente.

—¿Ahora está de moda llevar gorro en el interior de los edificios? —me burlé.

—¡Oh, Joséphine! Realmente, no te enteras de nada. —Cédric agitó la mano—. Ahora *tout Paris* lleva estos gorros. Es la prenda básica de la temporada. Deberías comprarte uno también. ¿Quieres otro café con leche?

Sin esperar mi respuesta, se volvió sonriente hacia el joven barista y le hizo una seña, y luego se atusó la bufanda colorida.

—¿Y qué se te ha ocurrido ahora? —pregunté—. La verdad es que me vendrían muy bien unos cuantos encargos. Da miedo ver cómo se va fundiendo el dinero en mi cuenta.

—Exacto —dijo Cédric, volviéndome a dirigir la mirada—. Tengo una invitación para la fiesta de Navidad en el Rosa Bonheur sur Seine. ¿Me acompañas?

—¿Te refieres a ese café flotante? —pregunté—. ¿De qué fiesta se trata?

—*Darling*, es la fiesta editorial del año. Se llama *Danser sur la Rosa Bonheur*, y la organiza el Groupe des Éditeurs. Como sabes, antes, de vez en cuando, celebraban fiestas en La Coupole, pero en esta ocasión han trasladado la fiesta editorial a la cafetería flotante. Deben de haber tenido un año fantástico.

Asentí. Por supuesto, había oído hablar de la fiesta anual organizada por el Groupe des Éditeurs, del que formaban parte muchas editoriales francesas de renombre y a la que asistían editores, agentes y autores, pero nunca me habían invitado.

—Tengo dos entradas y Augustin no quiere acompañarme. Así que te sugiero que te pongas algo bonito y metas tus tarjetas de visita en el bolso. El viernes nos vamos de fiesta y te presentaré a unas cuantas personas. Es una buena ocasión para hacer algunos contactos. Créeme, con buenos contactos el resto es pan comido.

—Ja, ja, Dios te oiga —le dije.

Cuando el viernes por la noche entré del brazo de Cédric en el Rosa Bonheur sur Seine, que se encontraba en la orilla izquierda del Sena, no muy lejos del puente Alexandre III, la fiesta estaba en pleno apogeo. El nivel de ruido era alto, las charlas animadas se mezclaban con el sonido de un saxofón y un contrabajo que tocaban música de jazz. En el barco pendían guirnaldas de luces de colores y el letrero ROSA BONHEUR hacía honor a su nombre y lucía en un bellísimo tono rosado. Los invitados se encontraban agrupados tanto en el interior del barco como fuera, en cubierta; charlaban y reían, con copas de champán en la mano, y se llevaban a la boca unos apetitosos canapés que los camareros servían continuamente en grandes bandejas de plata.

Dejamos el abrigo y la capa en el guardarropa y nos zambullimos en el bullicio.

—*Voilà!*

Cédric se hizo con dos copas y me puso una en la mano. Brindó por mí, miró complacido mi vestido corto de seda rojo, que lucía con unos grandes pendientes de perlas del mercadillo, y me susurró que dejara de tirar de la tela hacia abajo, que el vestido me quedaba perfecto. Luego recorrió la sala con la vista escrutando los rostros de todos los presentes.

—Ahí atrás está la editora jefe de Grasselle —exclamó—. ¡Vamos!

Me presentó a una señora pelirroja de mediana edad que le saludó con entusiasmo diciendo: «¡Ah, *monsieur le Flâneur*!». Charlamos un ratito; luego, cogió mi tarjeta y le echó un vistazo rápido.

—¿Joséphine Beauregard? ¿Usted no tradujo también para Éditions Lassalle? Creo que he leído algunos de sus libros. Eran finlandeses, ¿no? Un trabajo excelente.

—Sí —dije con alegría mientras, para vencer la timidez, me tocaba con la mano el pelo, que llevaba recogido en un moño suelto—. Prácticamente he traducido solo para Éditions Lassalle, pero por desgracia la editorial está cerrando. Por eso ahora estoy buscando nuevos encargos.

—Por desgracia, apenas publicamos literatura finlandesa —dijo la editora jefe, sacudiendo sus rizos rojos—, y personalmente me parece una lástima. Me encanta *Delicioso suicidio en grupo* de Paasilinna. Me lo pasé muy bien con ese libro. Los autores finlandeses tienen un sentido del humor muy especial.

—Oh, también traduzco del inglés —me apresuré a asegurarle—. Y, por supuesto, también soy capaz de encargarme de tareas de edición.

Alguien a mi lado dejó oír un chillido seguido de una carcajada, y ambas nos sonreímos.

Entonces me entregó su tarjeta.

—¿Por qué no me envía su currículo y me llama la semana próxima? Tal vez tenga algo para usted.

Puede que solo se compadeciera de mí, pero después de tantas negativas me habría agarrado a un clavo ardiendo.

—Será un placer —dije a gritos. Ella asintió y luego se

volvió hacia un señor algo mayor que la abrazó por detrás diciéndole: «La más bella de la fiesta, la más bella de la fiesta».

—Ese era Robert Lafiche, el periodista estrella de *Le Figaro*. Lleva varios libros escritos para Grasselle —me contó Cédric tras apartarme de ahí—. *Darling*, tenemos que dar una vueltecita. A partir de las once, habrá baile y entonces será difícil hablar con la gente.

—Ahora ya me resulta difícil —repuse—. A veces ni yo misma oigo lo que digo.

—Da igual —me aseguró Cédric—. Lo importante es que repartas tarjetas y que la gente asocie tu nombre a una cara. Además, hoy estás guapísima de verdad. *Darling*, deberías mostrar más a menudo esas piernas tuyas.

Me arrastró a continuación hacia la mesa alta que había al lado y de nuevo sonreí con amabilidad, solté mi frasecita y dejé mi tarjeta. Después de haberme tomado cinco copas de champán, de repente dejó de importarme hablar con completos desconocidos y convencerles de mis cualidades.

De pronto, alguien se me acercó desde un lado.

—*Bonsoir*, mademoiselle Beauregard. ¡Qué placer verla aquí!

Era Robert Lassalle, mi antiguo editor. Me dio la impresión de que había adelgazado un poco, aunque, con su pelo canoso peinado hacia atrás y su pajarita roja, seguía teniendo una presencia imponente.

—¡Monsieur Lassalle! —exclamé—. ¡Menuda sorpresa! Hace poco me pasé por la editorial para despedirme de usted y agradecerle su amable carta, pero me dijeron que estaba enfermo. Siento mucho todo lo ocurrido. ¿Ya está mejor?

—Cada vez mejor, mademoiselle Beauregard, cada vez mejor. ¿Sabe? En cuanto uno toma la decisión, todo se vuelve mucho más fácil. Y ahora, justo cuando ya me disponía a jubilarme, me han ofrecido un contrato como asesor editorial. A ver qué tal va. —Parecía completamente relajado—. Pero ¿cómo le va a usted todo? Está muy guapa.

—Gracias. —Le dirigí una sonrisa de complicidad—. He venido para ver si pesco algún encargo.

—Vaya, entonces ha ido usted al lugar correcto..., un barco. —Sonrió—. Espero que atrape algún pez de los grandes.

—Yo también —dije, y entonces Cédric volvió a agarrarme y le dirigió una sonrisa de disculpa a mi antiguo editor—. ¿Me permite que me lleve a la joven?

Se echó un extremo de la bufanda que llevaba alrededor del cuello y me arrastró consigo.

—Y ahora vamos a ver qué se cuece en cubierta. Deben de estar los fumadores. Pero, por lo general, son quienes tienen las conversaciones más interesantes.

Subí de mala gana la escalera detrás de él. Me habría gustado seguir hablando con monsieur Lassalle.

—Ahora que había encontrado por fin a alguien conocido, vas tú y me arrancas de ahí.

—*Darling*, no estás aquí para hablar con la gente que conoces, sino con la que aún no conoces. Tenemos una misión.

Se detuvo un instante bajo el enorme toldo abierto por todos los lados, sacó un cigarrillo del paquete y lo encendió.

—¡Ah! Viene bien un poco de aire fresco después del bullicio de ahí abajo —dijo y dio una calada—. ¿No te parece que la vista es impresionante? —Señaló el puente Alexandre III, cuyo arco semicircular lucía iluminado por las dos filas de farolas. Detrás, la torre Eiffel se erguía dorada contra el cielo oscuro.

—¿Sabías que la torre Eiffel fue en su día el edificio más alto del mundo? —preguntó.

—Cuesta creerlo —respondí—. Debió de ser hace tiempo.

—Pero sigue siendo el símbolo más hermoso del mundo.

Asentí sonriente. También para mí la torre Eiffel era algo especial.

—Tiene un algo prometedor, ¿no te parece? Es como si te dijera: ¡no te rindas jamás!

Cédric asintió y apagó el cigarrillo.

—Bien, pues vamos a ver qué personas prometedoras conocemos por aquí.

—¿Es necesario? Estoy helada —dije.

Cédric me rodeó con el brazo.

—Tú puedes —repuso—. Piensa en los encargos. En un instante volveremos a bajar.

Agarrados del brazo, nos acercamos a la barandilla donde había algunos corrillos charlando bajo una colorida guirnalda de banderines y lucecitas.

—Pero mira quién está ahí —murmuró Cédric.

Dirigió la mirada hacia una rubia atractiva que parecía divertirse de lo lindo con algo que le decía el hombre que tenía al lado. Este lucía un traje negro sobre una camisa blanca impecable y apoyaba contra la barandilla todo el cuerpo con gesto despreocupado mientras charlaba con la dama.

Apenas lo reconocí vestido con un traje tan elegante, pero entonces se pasó la mano por su mata de pelo oscuro con un gesto que me resultó muy familiar.

—Cédric, volvamos abajo —susurré inquieta tirando del codo de mi amigo. Pero era demasiado tarde.

Maxime Lafôret estaba de pie a dos metros de nosotros y me miraba sorprendido.

—*Bonsoir*, mademoiselle Beauregard —dijo entonces levantando su copa hacia mí con una sonrisa divertida—. Cuanto más tarde es, más guapos son los invitados.

Necesité un momento para recobrarme del asombro. Esa transformación de guardabosques con botas de goma de cazador a dandi galante me dejó sin habla. Me tambaleé un poco sobre mis zapatos de charol de media altura y me agarré al brazo de Cédric. Entonces me enfadé.

—¿Qué está usted haciendo aquí? —le espeté con tono de reproche.

—¡Oh! —respondió Lafôret, enarcando las cejas—. ¿Acaso este barco también es suyo?

Me puse roja y le dirigí una mirada hostil.

—Vaya, vaya. ¡Qué sorpresas nos da la vida! —continuó diciendo con una sonrisa irónica—. París es un pañuelo. —Se volvió hacia la rubia de la barandilla, que había escuchado atentamente nuestro pequeño intercambio de palabras—. Permítanme que las presente: Joséphine Beauregard, mi casera. Charlotte Besier, editora del Groupe des Éditeurs y organizadora de esta maravillosa fiesta.

—Ah, encantada —farfullé mientras mi cerebro nublado por el alcohol empezaba a trabajar. ¿Qué estaba haciendo Lafôret en ese barco? ¿En esa fiesta? ¿Con ese traje? ¿Junto a esa mujer?

Me lo quedé mirando fijamente, desconfiada, y entonces, de golpe, tuve una epifanía. ¡Maxime Lafôret era un arribista! ¡Era un Felix Krull, ese personaje de Thomas Mann que se colaba en todas partes, tenía siempre a mano un par de frases hechas y se servía de su aspecto con las mujeres. Y realmente hacía muy bien su papel. Por un momento me pregunté si debía advertir a aquella editora desprevenida, que en apariencia había caído rendida a los pies de Lafôret; me planteé si decirle quién era en realidad ese hombre, que ocupaba mi casa flotante por quinientos euros y que ahí se las daba de hombre de mundo. ¡Era increíble!

De pronto, noté una suave presión de Cédric en mi brazo.

—¡Eh, Joséphine! ¿Estás bien? —me murmuró.

—Cierto, ¿está usted bien, Joséphine? —repitió Lafôret tras oír sus palabras—. ¿No va a presentarnos a su acompañante? —Tenía los ojos brillantes—. ¿Acaso es también otro… inquilino suyo? —Se volvió hacia Cédric—. Ándese con ojo con esta mujer. No se anda con chiquitas.

Sonrió de forma encantadora y la editora dejó oír una risita.

Inspiré profundamente. ¡No estaba dispuesta a quedar en evidencia por ese… don nadie!

—Desde siempre me admira su peculiar sentido del humor —repuse con tono seco—. Este es Cédric Bonnieux. Es columnista del *Paris Match* y… mi pareja.

Me mordí los labios, pero ya lo había soltado. ¡Cielos! ¿Por qué había dicho un disparate como ese? Realmente debía de haber bebido mucho.

Cédric se atusó la bufanda Etro, algo sorprendido, y luego tuvo la presencia de ánimo de rodearme con el brazo.

—¡Oooh, yo le conozco! —exclamó entonces la editora—. Usted es *Le Flâneur*, ¿verdad? ¡Me encantan sus columnas!

—Gracias. —Cédric sonrió.

—*Enchanté* —dijo también Lafôret. Posó un momento la mirada en la abigarrada bufanda de seda de su interlocutor—. Veo que los hay que saben vivir a lo grande —dijo y, a continuación, esbozó una amplia sonrisa en su rostro—. Así que usted es *Le Flâneur*... Vaya, vaya...

—Oiga, monsieur Bonnieux, ¿alguna vez ha pensado en hacer un libro con sus artículos? —preguntó entonces la editora, ciñéndose la estola de terciopelo blanco alrededor de los hombros. Mientras ambos intercambiaban unas palabras y, a continuación, sus tarjetas de visita, Lafôret me escrutó de arriba abajo.

—Por cierto, bonito vestido —comentó entonces.

—Bueno, usted no es el primero que lo dice esta noche —repliqué con tono insolente.

—Pero tal vez sea un poco corto, con este frío... —Me miró las piernas—. No vaya a ser que coja frío aquí fuera. Parece tener tendencia a ir poco abrigada.

—Sus atenciones hacia mí me conmueven profundamente.

—Sí, lo sé. —Asintió varias veces y añadió—: Joséphine... ¿por Joséphine Baker?

—No, por Joséphine de Beauharnais —respondí—. Por si no lo sabe, así se llamaba la esposa de Napoleón Bonaparte, la emperatriz.

Hice una inclinación solemne de cabeza.

—¡No me diga! Ahora ya entiendo algunas cosas...

—¿Qué quiere decir con eso?

—Oh, seguro que usted misma lo entenderá. Es una chica lista. —Detrás de él, a lo lejos, la torre Eiffel empezó a destellear como hacía cada hora en punto. Eran las once, y en ese momento Cédric y Charlotte Besier también habían concluido su pequeña charla aparte.

—No dude en llamarme, monsieur Bonnieux —dijo la editora, volviendo a centrar su atención en Lafôret—. Acompáñeme, Maxime, me gustaría presentarle a otra persona antes de que empiece el baile...

—Pero antes iré a la barra a por unas copas de champán para nosotros.

—¡Buena idea! ¡Siempre tiene ocurrencias magníficas, Maxime!

Charlotte Besier se recogió la estola y giró sobre sus tacones para marcharse.

—Siempre tiene ocurrencias magníficas, Maxime —siseé a Lafôret, que en ese instante se estaba volviendo para marcharse—. ¡Madre mía! ¡Parece que usted se cuela en todas partes! Lo importante, sobre todo, es comer y beber gratis, ¿eh? Es usted un auténtico gorrón, monsieur Lafôret. Un aprovechado. Pero usted a mí no me engaña. ¡Que se lo pase bien en la barra de champán!

Maxime Lafôret se despidió impertérrito con un ademán de cabeza y se alejó a grandes zancadas.

—¿Ese es el tipo que vive en tu casa flotante? —preguntó Cédric en cuanto ambos hubieron desaparecido—. La verdad, por lo que contaste, me había formado una idea muy distinta de él.

—El caso es que es completamente distinto, Cédric —respondí—. No te dejes engañar por su traje elegante.

—Estaría estupendo en camiseta interior —comentó Cédric, ensimismado. Yo lancé un profundo suspiro—. ¿Cómo no me dijiste que era tan guapo, *darling*? Me lo había imaginado como una especie de Depardieu, como un monstruo corpulento que engullía diez botellas de vino al día.

—Este hombre es como Atila, rey de los hunos —dije—, vaya como vaya vestido. Y esta es la primera vez que lo veo en traje. Normalmente anda por ahí con una chaqueta encerada que recuerda la de un guardabosques.

—¿Y a qué ha venido el numerito de ser tu pareja? —Cédric me miró de forma escrutadora mientras en las comisuras de sus labios jugueteaba una fina sonrisa—. Dime, ¿no será que querías impresionar a alguien, *darling*?

—¡Ay, ni idea! —exclamé disgustada—. De algún modo, esa pose de machote me irrita. Pensé que él debía saber que tengo un hombre a mi lado. Y tú eres un hombre, ¿no?

Le atusé la bufanda y le planté un beso en la mejilla.

—Por supuesto —dijo Cédric con una sonrisa—. Soy un hombre, pero, por encima de todo, soy tu amigo. De todos modos, si alguna vez necesitas un hombre objeto, basta con que me lo digas.

La música ahora retumbaba procedente del casco de cristal de la embarcación y, cuando volvimos a bajar, un DJ con gafas de sol pinchaba música de los años ochenta. La cabeza empezaba a darme vueltas a causa de la música que atronaba por los altavoces, del champán que había bebido y, sobre todo, del inesperado encuentro con Maxime Lafôret.

—¿Nos vamos? Me parece que ya he repartido suficientes tarjetas de visita —grité al oído de Cédric mientras sonaban los primeros acordes de The Cure.

—Oooooh, *Friday I'm in Love*. ¡Adoro esa canción! —exclamó Cédric, encantado—. ¡Ven! ¡Vamos a bailar!

Me agarró de las manos y me arrastró hacia la pista de baile. Nos rodeaba una multitud variopinta de cuerpos moviéndose al ritmo, cabellos alborotados y bocas que cantaban el estribillo a pleno pulmón.

¡*Friday I'm in Love*! Daba la impresión de que todo el mundo había estado esperando oír ese tema. La pista de baile estaba abarrotada. Había un buen ambiente. Nos movimos junto con los demás y, por un momento, olvidé mi enfado y me dejé llevar.

Entonces distinguí a Lafôret entre la multitud. Bailaba muy alegre con esa editora rubia y era evidente que se lo estaba pasando muy bien. Madame Besier arrojó los brazos al aire, riéndose, y Lafôret dio un giro audaz y de pronto se plantó justo ante mí.

—¡*Friday I'm in Love*! —cantó, y en sus ojos oscuros destelló una expresión traviesa. Esa mirada me molestó, pero al instante siguiente él ya había vuelto a girarse y seguía bailando con madame Besier, que dejaba que la hiciera girar sobre sí misma entre chillidos.

—En todo caso, bailar sí que sabe —dijo Cédric cuando, al cabo de un rato, abandonamos el Rosa Bonheur.

—Sí, sí —dije.

No fui capaz de averiguar qué había en eso que me incomodase tanto.

9

Le Grand Bateau era una pequeña tienda de accesorios náuticos situada en una bocacalle del Quai de Jemmapes. Antes nunca me había detenido en ella, pero, una semana después de la fiesta en el Rosa Bonheur, al pasar por delante aminoré sin querer el paso y me quedé contemplando el escaparate, que estaba repleto de maquetas de veleros, brújulas, cabos, anclas y equipos de navegación. Colgando del techo había unas lámparas de pesca antiguas de cristal azul y verde, similares a una que tenía en mi casa flotante. También en el escaparate había anuncios de veleros en venta o alquiler. Dejé en el suelo las dos bolsas de la compra y eché un vistazo a los anuncios. Se me ocurrió que tal vez podía colgar ahí un anuncio de mi casa flotante. Un establecimiento como aquel era, sin duda, el lugar adecuado. Allí solo iba gente interesada en barcos. La agente inmobiliaria había quedado tan harta la última vez que a saber si iba a continuar.

Mientras pensaba si entrar o no en la tienda para preguntar si podía poner un anuncio, la puerta se abrió de golpe y de la tienda salió un hombre cargado con una bolsa.

Di un respingo.

—¡Perdón! —exclamé.

—¡Vaya! —dijo él.

Nos miramos estupefactos.

Maxime Lafôret fue el primero en recuperar el habla.

—Vaya, si no la conociera mejor, pensaría que me está usted acosando, mademoiselle Beauregard. ¿Acaso ahora se dedica a vigilar todo lo que hago? ¿Cómo es que aparece siempre ahí donde voy?

—¡Oh, Dios mío! Eso solo se le puede ocurrir a alguien tan engreído como usted, monsieur Lafôret. No, estese tranquilo, a usted no le estoy acosando. De hecho, no acoso a nadie.

—Ya veo. Será entonces que el destino nos ha unido. —Me dedicó un guiño—. Está claro que el viernes es nuestro día.

Se produjo una breve pausa. Sabía exactamente en qué pensaba. Yo, de hecho, también lo había pensado.

—¿Se lo pasó bien en la fiesta del Rosa Bonheur? Bailaba usted como si no hubiera un mañana.

—Usted también.

—¡Oh, vaya! Eso ha sonado casi como un reproche. —Se echó a reír—. Bueno, ¿y qué hace usted por aquí? ¿No querrá comprar otro barco?

—No. ¡Figúrese! Vivo por aquí. Muy cerca. Así que usted está ahora, por así decirlo, en mi territorio. La verdad, me estaba preguntando si colgar un anuncio en esta tienda.

—¿Quiere encontrar un comprador para la casa flotante?

—Ni más ni menos. Después de que usted haya tenido la amabilidad de espantar a todas las personas interesadas y de que incluso la agente inmobiliaria esté a punto de arrojar la toalla, tengo que encontrar otras maneras de lograrlo.

Adoptó una expresión compungida.

—Siento mucho lo de monsieur Wong —dijo.

—¡Venga ya! No le creo ni una palabra. Usted lo único que quiere es impedir que yo venda el barco. Por pura malicia.

—No, no, eso no es así.

—Y, entonces, ¿cómo es?

—Bueno. ¿Quién sabe? Tal vez a mí me gustaría comprar el barco. En algún momento...

—¡Usted! —Me eché a reír—. Es el mejor chiste que he oído en mucho tiempo.

—Me alegro de que le guste. —Él también sonreía—. Pero ¿por qué dice eso?

—Porque..., bueno, porque es completamente absurdo. Quiero decir... En fin. Alguien como usted, que parece que a duras penas se las apaña y que ni siquiera tiene un oficio de verdad, y menos aún unos ingresos fijos... ¿Cómo se gana usted la vida, por cierto? Eso siempre y cuando usted trabaje.

Me miró con sorpresa y pareció ir a replicar algo. Pero luego se calló y se encogió de hombros. Posiblemente no estaba acostumbrado a que alguien le cuestionara de un modo tan franco.

—Oh, bueno, en esto y aquello —respondió de forma vaga—. Digamos que no tengo simplemente un trabajo. Amo mi libertad.

—Sí, es lo que pensaba. Desde luego, es una manera de decirlo, claro.

Sonrió tranquilo.

—Me está usted sondeando a fondo, mademoiselle Beauregard.

—Bueno, es lo que se suele hacer con el posible comprador de una casa flotante, ¿no? —repuse burlona—. ¿Control de solvencia?

Dejó oír un silbido de reconocimiento.

—Guau, pues sí que sabe lo que se hace. ¡Buena chica! —se mofó—. En serio, me gusta La Princesse de la Loire. De algún modo me he acostumbrado a ella. —Me tendió la bolsa de papel que sostenía ante sí—. Mire, acabo de comprar pintura de barco para repintar la escalera. Cuido muy bien de la casa flotante de su tío, igual que, dicho sea de paso, he venido haciendo todos los años que hace que me la confió.

—Es usted dueño de hacer lo que quiera —le dije—. Y yo se lo agradezco. Sin embargo, a veces parece que olvida que el barco no le pertenece.

—Sí, por desgracia.

Lafôret asintió un par de veces. Ese viernes por la mañana parecía estar bastante calmado y tener una actitud razonable. Así pues, decidí aprovechar la oportunidad.

—Escuche, monsieur Lafôret...

—Escucho...

Me interrumpió de inmediato, a la vez que imitaba mi tono de voz frío e impersonal. Ese hombre tenía la capacidad de ridiculizar al instante cualquier cosa que yo dijera.

—En serio —intenté de nuevo—. Los dos somos personas adultas. ¿No podemos comportarnos civilizadamente?

—Pues claro —dijo—. ¿Qué quiere de mí? ¿Quiere que le lleve las bolsas de la compra?

Miró con curiosidad las dos bolsas llenas que había en la acera.

—No. —Ahogué una sonrisa—. Me las apaño sola. Pero quizá podríamos ponernos de acuerdo para que me indicara al menos un día a la semana en el que no se acercará al barco de manera que las próximas visitas puedan tener lugar sin problemas. ¿Eso sería posible?

Se encogió de hombros y pareció reflexionar.

—Por mí, perfecto —murmuró entre dientes—. Usted podría disponer de los viernes. Pero no antes de las doce.

—Vale. —Sonreí—. Entonces digamos que desde el mediodía del viernes hasta el mediodía del sábado. ¿Le parece bien?

Asintió con un suspiro.

—Con tal de que sirva a la causa de la paz.

—Así es. —Lo miré fijamente—. ¿De verdad puedo confiar en su palabra? —De nuevo recordé a Lafôret cocinando en camiseta una tortilla con actitud provocadora. Visto en retrospectiva, esa situación me parecía más bien graciosa—. No vaya a ser que se le ocurra de nuevo organizar otra exhibición de cocina.

Sonreí.

—Palabra de honor —dijo mientras ladeaba la cabeza.

—¿Qué ocurre? ¿Por qué me mira de ese modo? —pregunté.

—Estaba pensando... —No terminó la frase.

—¿Qué estaba usted pensando, monsieur Lafôret?

—Bueno..., espero que no vuelva a enfadarse, pero cuando sonríe está usted muy guapa.

Me dirigió una amplia sonrisa y yo puse los ojos en blanco y suspiré.

—Usted aténgase a nuestro compromiso, monsieur Lafôret. Entonces tal vez podrá verme sonreír más a menudo.

—Eso me alegraría mucho.

Nos quedamos un momento sin saber qué hacer. Luego, recogí mis bolsas y me giré para marcharme.

—Bien, pues...

—En un mundo ideal, le preguntaría ahora si querría tomar un café conmigo —se apresuró a decir.

Lo miré con desconfianza. ¿Qué pretendía ahora?

—En un mundo ideal, monsieur Lafôret, nunca nos habríamos conocido —repuse—. Gracias por su ofrecimiento, pero no, la verdad es que no.

Así con más fuerza las bolsas y me dispuse a marcharme.

—¡Oh, vamos! —Anduvo algunos pasos junto a mí—. No sea tan negativa. Es una oferta de paz. Para sellar nuestro trato. Y para compensar mi actitud desconsiderada.

Me dirigió una sonrisa irresistible y me detuve.

—¿Se lo puede permitir? —pregunté enarcando las cejas.

—Ahí ha puesto usted el dedo en la llaga —respondió con una risita burlona—. Pero aún me alcanza para un café pequeñito. Solo diga que sí.

Al final accedí, a fin de cuentas no quería estropear tan pronto nuestro nuevo acuerdo. Lafôret insistió en cargar con mis bolsas. Al parecer, se había empeñado en convencerme de que él, en el fondo, era todo un caballero.

Diez minutos después subíamos uno junto al otro por la rue Sainte-Marthe, pasando junto a las persianas bajadas pintadas con grafitis y las casitas de colores, que tenían un aire casi cubano.

—Muy pintoresco —comentó Lafôret mientras recorría esa calle estrecha, que conducía directamente a la plaza, cargado con las dos bolsas de la compra—. ¿Así que usted vive aquí?

Miró a su alrededor con interés.

—Sí —contesté—. Allí arriba.

Señalé las ventanas superiores del edificio que teníamos enfrente y él echó la cabeza hacia atrás.

—¡Vaya, qué alto! —exclamó—. Pero allí arriba usted debe de tener unas vistas estupendas.

—Desde luego —dije—. Venga, iremos a La Sardine —propuse—. Allí también se puede tomar solo un café.

Empujé con gesto decidido la puerta de aquel pequeño bar de tapas y Lafôret me siguió.

—¡Madre mía! ¿Qué lleva usted en las bolsas? —dijo al tomar asiento en una de las mesas de madera oscura, situada junto a la ventana—. ¿Piedras?

Dejó con un gemido los bultos de la compra junto a su asiento y las botellas de vino, que estaban en una de las bolsas con las verduras, el pollo, el queso y la fruta, tintinearon suavemente unas contra otras. Las miró.

—¿Todo esto es para usted? ¿Acaso tiene problemas con la bebida?

Lo miré indignada.

—Bueno, era una broma —dijo, levantando las manos en un gesto de rendición.

—Vaya, ¡qué gracioso! —repuse para luego sonreír.

El caso era que había invitado a cenar a Cédric y Augustin. Iba a hacer *coq au vin*, pollo al vino, el único plato que era capaz de cocinar medianamente bien. El resultado positivo de mi salida al Rosa Bonheur sur Seine había sido que la editora jefe de Grasselle tenía un encargo de traducción para mí. Y dos editoriales más pequeñas también me habían hecho unos pedidos para el nuevo año. Así que, de momento, la cosecha no había sido mala, y me sentía infinitamente agradecida a Cédric por haberme llevado a la fiesta.

—El vino no es para mí sola. Esta noche tengo visita —le dije a Lafôret, que en ese momento estaba haciéndole señas a la camarera para que se acercara. Luego se volvió hacia mí.

—¡Ajá! ¿Tal vez el hombre de la bufanda Etro? —inquirió.

Sonreí.

—Es usted bastante chismoso, monsieur Lafôret, pero sí, en efecto, el hombre de la bufanda Etro también vendrá.

—*Un crème et un petit noir, s'il vous plaît.*

La camarera regresó y nos dejó en la mesa las gruesas tazas de porcelana de color verde.

Lafôret tomó un sorbo y me miró por encima de su taza de café solo.

—Su pareja. —Sonrió divertido.

—Exactamente. —Bajé la cara y soplé suavemente sobre la espuma de mi gran taza de café con leche.

—Hum —respondió él. Sentí que me miraba fijamente—. ¿Era de verdad su pareja? —preguntó entonces, enarcando las cejas—. No le pega mucho, la verdad.

—Ah, ¿de veras? —repuse—. Y, según usted, ¿quién me pega? ¡No! No me lo diga. No quiero saberlo.

Me tapé los oídos fingiendo desesperación.

Maxime Lafôret se encogió de hombros impasible y se me quedó mirando fijamente por un momento.

—No tengo ni idea. A ver, usted goza de buena presencia. ¿Quizá más bien alguien como yo? ¿Alguien así de guapo y masculino? ¿Sin bufanda de seda? —Esbozó una amplia sonrisa—. Dado el caso, yo la podría salvar de cualquier apuro.

—Sí…, está claro. —Le hice un gesto de rechazo con la mano—. Pero eso no va a pasar. Además, a usted solo le interesa mi barco.

—Oh, ¿tanto se me nota?

—Más de lo que se imagina, monsieur Lafôret. —Me recosté en mi asiento y crucé los brazos con satisfacción—. Realmente es usted terrible, ¿lo sabía?

—Sí, lo sé —respondió, y sus ojos oscuros me dirigieron una mirada divertida—. Más de lo que se imagina.

Maxime Lafôret no era tan desagradable, constaté con asombro cuando, una hora más tarde, seguíamos sentados en el pequeño bar de tapas charlando. Por supuesto, ese hombre tenía un modo de ver la vida completamente distinto del mío y no parecía tomarse nada en serio, pero los pequeños duelos verbales con él eran divertidos y no me aburrí ni un minuto. Lo mejor, en cualquier caso, era que aquel molesto inquilino mío había aceptado mi propuesta y eso me daba esperanzas de que los próximos intentos de vender el barco del tío Albert resultaran algo más satisfactorios.

El segundo café corrió de mi cuenta.

Justo antes de despedirnos, me acordé de algo que, con todo aquel caos, había olvidado.

Le pregunté por el armario cerrado de la casa flotante.

—No tengo ni idea de dónde puede estar la llave —respondió Lafôret encogiéndose de hombros—. Ese armario ya estaba cerrado con llave cuando alquilé el barco. Siempre he pensado que Albert guardaba allí sus efectos personales. ¿Acaso esa llave no estaba tampoco entre sus cosas?

—No, al menos entre las que recibí del notario —le expliqué—. Uf, espero que mi tío no guardara la llave en alguna de las chaquetas que donó al asilo.

—Podría ser —dijo Lafôret—. Bueno, si no queda más remedio, va a tener que abrir el armario por la fuerza.

—La verdad, no me gustaría hacer eso —respondí—. Ese mueble tiene una taracea preciosa. Y, además, me parece que es bastante sólido.

—Bueno —dijo Lafôret—. Yo le puedo echar otro vistazo. Hasta ahora no he dado con la llave, pero, de hecho, tampoco la he buscado.

Removí el café en mi taza, ensimismada.

—¿Dónde escondería alguien una llave como esa? ¿Dónde la escondería yo? —De nuevo recorrí mentalmente la cabina de la casa flotante—. ¿Es posible que esté pegada debajo del armario?

—O en un marco de puerta.

—¿En la lámpara de pescador antigua que cuelga en el camarote tal vez?

—¿O detrás del cuadro de la pared?

—¿Se refiere usted a la fotografía en la que el tío Albert se parece un poco a Hemingway de joven?

—Sí, la del pez grande. Una gran pesca —dijo Lafôret al reconocerla—. Vale, echaré un vistazo —prometió a continuación—. Soy un buen sabueso. Si la llave está en el barco, la encontraré.

Asentí, y por un momento volví a ver al tío Albert ante mí, como cuando durante nuestro viaje en las cálidas tardes de verano se sentaba conmigo en cubierta hasta bien entrada la noche y me hablaba de las constelaciones que titilaban brillantes en el cielo oscuro. Me contó la historia de la arrogante Casiopea, que fue desterrada a los cielos, y de su hermosa hija Andrómeda, de la que Perseo se enamoró perdidamente, y cómo su desesperada historia tuvo, después de todo, un final feliz.

—A saber qué secreto esconde ese armario —dije, ensimismada.

—Tal vez un tesoro —sugirió Lafôret, entusiasmado—. Puede que haya escondido un par de lingotes de oro.

—Eso me sorprendería. —Negué con la cabeza ante esa idea tan absurda—. Mi tío carecía de riquezas. Eso son fantasías suyas.

—Nunca se sabe —respondió Lafôret—. Pero, si realmente encuentro la llave, vamos a medias, ¿prometido?

—Realmente usted es incorregible —respondí riendo—. Vale. Si el armario está lleno de lingotes de oro, los repartiremos.

—¿Prometido?

Me tendió la mano y yo se la estreché.

—Prometido. Pero no se le ocurra abrir el armario sin mí.

—Jamás se me ocurriría algo así, mademoiselle Beauregard —me aseguró—. Tengo ganas de verle la cara cuando los lingotes de oro nos deslumbren.

Me eché a reír.

—¿Sabe qué, monsieur Lafôret?

—No, ¿qué?

—Realmente es asombroso lo acertada que estuve en la opinión que me formé de usted cuando lo conocí. Realmente es usted un granuja. Un oportunista. Un pillo. Vamos, un *filou*. Como su perro.

—Espero que no se equivoque —replicó Lafôret con una sonrisa—. No vaya a ser que luego lamente sus palabras.

—No se preocupe, caballero. Eso no ocurrirá. Mi intuición sobre las personas es excelente.

Al entrar en mi buhardilla con las bolsas, aún estaba sonriendo. Pero cuando, de nuevo, no logré contactar con Luc, de pronto dejé de estar tan convencida de que mi intuición sobre las personas fuera realmente tan excelente. La Navidad estaba cerca y todo indicaba que Luc seguía sin haber hablado con su esposa. No nos habíamos visto desde que Agnès había caído enferma. Y, desde hacía unos días, él no había dado señales de vida.

Mientras estaba preparando el pollo, de repente tuve un mal presentimiento. Intenté tranquilizarme, eché vino abundante por encima de la carne y limpié las endibias. Era fin de semana, y los fines de semana eran siempre para la familia, me dije intentando calmarme. De hecho, no era tan raro. O tal vez se lo había confesado todo a su mujer y estaba en medio de un drama. «Aun así, Luc, podrías llamar», pensé.

Metí la cazuela en el horno y empecé a poner la mesa. Mientras repartía los cubiertos y colocaba platos y vasos sobre la mesa, de pronto sonó el teléfono. Era como si Luc hubiera oído mis pensamientos. Parecía un poco ajetreado, como siempre, pero me dijo que pensaba en mí día y noche.

—Aquí ha habido un jaleo tremendo —dijo en voz baja—. Pero me gustaría invitarte a cenar mañana por la noche. En el Hôtel du Nord. ¿Tienes tiempo?

—Sí, claro —respondí contenta—. Tengo tiempo.

De pronto, me di cuenta de que yo siempre tenía tiempo.

—Bien, entonces nos vemos a las siete y media. He reservado una mesa a tu nombre.

—Pero mañana es sábado —dije con asombro—. ¿Vas a poder salir? ¿Y Agnès y los niños?

—Está todo arreglado.

Soltó una risita mientras yo me quedaba un momento escuchando incrédula por el auricular.

—¿Es esta la sorpresa? —pregunté con cautela. ¿De verdad había hablado por fin con Agnès?—. ¿Acaso me estás diciendo que...?

—Espera y verás —me interrumpió—. Ahora tengo que colgar, *mon amour*. ¡Hasta mañana! ¡Besos!

—¡Besos, Luc!

En cuanto hubo colgado, me quedé por un instante parada en medio de la habitación. Sostenía el teléfono con ambas manos y el corazón me latía con fuerza. Sonriendo, inspiré y espiré varias veces; apenas podía creerme mi suerte. «Madre mía —murmuré una y otra vez—. Madre mía».

En algún momento, solté por fin el teléfono. Coloqué la cesta de la *baguette* sobre la mesa, encendí una vela y saqué las copas de champán del armario. Esa noche me apetecía tomar champán. Me recogí el pelo y cambié los vaqueros y el jersey por un vestido. Me pinté los labios mientras tarareaba en voz baja y me miré en el espejo que había junto a la puerta. Al otro lado vi a una joven sonriente y de ojos brillantes.

Entonces miré la hora. Las ocho menos cuarto. Cédric y Augustin estaban a punto de llegar; tenía muchas ganas de pasar juntos esa velada y de compartir con ellos mis buenas noticias.

Me acerqué a la ventana y contemplé la plaza Sainte-Marthe, en la que permanecían erguidos los cuatro árboles de Navidad con sus adornos rojos y sus luces amarillas, bañándolo todo en un resplandor cálido. Aún faltaban dos semanas para Navidad. Y esta vez todo iría bien.

Pero cuando, instantes después, sonó el timbre y abrí la puerta llena de ilusión, me di cuenta enseguida de que algo iba mal.

Cédric estaba en el rellano, muy pálido y con apariencia de estar completamente aturdido.

—Cédric, ¿qué ha ocurrido? —pregunté—. ¿Dónde está Augustin?

Él negó con la cabeza y me miró con los ojos enrojecidos.

—Augustin no va a venir. Me ha dejado —dijo.

10

Esa noche no hablé para nada de mi encuentro con Maxime Lafôret. Ni tampoco de la invitación de Luc al Hôtel du Nord, que mi corazón insensato esperaba con impaciencia.

Tras sentarme en la cama con Cédric, mi mejor amigo me contó con voz entrecortada lo que había ocurrido; el pobre, apesadumbrado, tenía la vista clavada en mi colcha india e iba siguiendo los dibujos con el dedo mientras los dos permanecíamos apoyados contra la pared, uno junto al otro, con un par de almohadas a la espalda, y el *coq au vin* se iba asando a fuego lento en el horno, y la noche caía en silencio sobre la plaza Sainte-Marthe.

Augustin se había enamorado de un chico joven y guapo que había conocido bailando en la discoteca.

—Está claro que ese tipo le ha hecho perder la cabeza. Dice que no puede evitarlo. Y que todo vuelve a ser muy excitante y emocionante. Llevábamos todo el día discutiendo, ¿sabes? —Cédric levantó la cabeza y me miró con expresión dolida—. Y entonces me ha dicho que de momento necesitaba tomarse un descanso... ¡de mí! —Sollozó y luego se secó los ojos—. Y yo le he dicho: «Pues ¡márchate con ese adonis tuyo! ¡No quiero volver a verte!». Y entonces él ha cogido sus cosas y se ha largado. ¡Así, sin más! Después de tantos años. He intentado llamarle, pero no contesta.

—¡Madre mía! —susurré bastante afectada. Le pasé el brazo por los hombros—. Es increíble. ¿Qué le ha pasado a Augustin? Si siempre os habéis llevado tan bien. A ver, para mí siempre habéis sido la pareja ideal. Cédric y Augustin, eso es como decir sal y pimienta, Bonnie y Clyde o como... —intenté encontrar un símil más adecuado—, como Cástor y Pólux.

—¿Como Cástor y Pólux? ¿Tú crees?

Una pequeña sonrisa se dibujó en el rostro de mi amigo. El recuerdo de esos dos inseparables argonautas de la mitología griega, que buscaron el vellocino de oro con Jasón y que luego Zeus unió para siempre en el cielo en forma de constelación, pareció consolarlo por un momento. Luego, su expresión volvió a ensombrecerse.

—Sí, yo siempre pensé que éramos el uno para el otro. Pero salta a la vista que estaba equivocado. —Apretó los labios y asintió con amargura—. Debería haberlo sabido. Estas últimas semanas, Augustin volvía muy tarde por las noches. Cada vez estaba más tiempo fuera de casa; me dijo que quería tener de nuevo un poco de acción en su vida.

Cédric meneó la cabeza con tristeza y volvió a guardar silencio.

—Por otro lado, desde el principio dijimos que íbamos a respetar nuestra libertad, y eso siempre fue bien. Hasta ahora. A Augustin le gusta salir de marcha, él lo necesita más que yo. ¿Cómo iba yo a adivinar que..., que...?

Se interrumpió. Tenía la voz ahogada.

—Oh, Joséphine, ¿qué se supone que debo hacer ahora?

—Cédric —dije apretándole la mano—. ¡Cuánto lo siento! ¡Oh! ¿Por qué el amor es siempre tan complicado?

Estuvimos un rato sentados en silencio, mirando por la ventana. En la calle todo estaba oscuro y una gran tristeza se apoderó de la habitación. En la mesa del comedor, la vela se iba consumiendo poco a poco mientras arrojaba su luz parpadeante sobre los platos aún intactos.

—La verdad, me cuesta mucho pensar que lo de ese adonis pueda durar mucho tiempo —dije al fin—. Tal vez Augustin esté pasando por la crisis de la mediana edad y necesite aprobación exterior.

—¿Tú crees? —Cédric me miró, y en sus ojos brilló un pequeño destello de esperanza—. ¿Tú crees que volverá?

—Claro que sí —dije con voz firme, a pesar de que no estaba tan segura. ¿Quién era capaz de predecir nada en el amor? No había garantías. Pero ¿por qué apesadumbrar a mi amigo? Simplemente, confiaba en que Augustin se diera cuenta bien pronto de lo que tenía con Cédric. La maravillosa persona que era—. Dale un poco de tiempo. Me cuesta imaginarle dejándote sin más por un amigo de la discoteca. Es algo pasajero, créeme. Terminará pronto.

Me levanté, tomé a Cédric de la mano y tiré de él para que se levantara.

—¡Vamos, comamos algo! ¡Siéntate!

Cédric se acercó vacilante a la mesa y se sentó en una silla.

—Me parece que soy incapaz de comer nada, *darling* —se lamentó—. Tengo mal cuerpo.

—Claro que eres capaz. Debes hacerlo. —Cogí la botella de vino y llené las copas para los dos—. Seguro que con el disgusto no has comido en todo el día. Además —le guiñé un ojo—, para una vez que cocino, que no sea en balde, ¿no te parece? He hecho *coq au vin*.

Retiré rápidamente el tercer cubierto, puse la copa y el plato en el aparador y abrí el horno. De golpe, me llegó el olor acre a humo y tuve que agitar la mano. Olía a quemado.

—¡Oh, no! —exclamé.

Dentro de la cazuela estaban los tristes restos del pollo que había comprado esa mañana en el local de comida preparada. Se había evaporado todo el líquido y la carne del animal, que prácticamente se había arrugado hasta el hueso, estaba adherida al fondo de la cazuela junto con las verduras formando una masa negra y deforme.

Removí cuidadosamente el *coq au vin*, que chisporroteaba dentro de la cazuela sin nada de vino.

—Creo que aún podemos salvar algo —dije.

Al final, pedí una pizza para dos con corazones de alcachofa, jamón y aceite picante. Cédric se negó en redondo a comer ni un solo trozo del pollo quemado.

—Te lo digo con cariño, Joséphine, pero ya puedes ir despidiéndote de eso —señaló—. ¿Sabes? La cocina no es precisamente lo tuyo —añadió un poco más tarde mientras se cortaba un gran trozo de pizza—. Con eso espantarás a cualquier hombre. Créeme, ¡es mejor que no lo intentes!

—Pero mi *coq au vin* es insuperable —protesté con una sonrisa—. De no haber tenido que consolar a un amigo en apuros, seguro que la comida no se habría quemado.

—Oh, tú siempre tienes una excusa —dijo Cédric. Por lo menos, había recuperado el sentido del humor—. ¡Ah! ¡Qué picante está esto! —gimió entonces—. Como no lo has conseguido con ese pollo, ahora pretendes matarme con esta pizza, ¿no?

Me alegré de que estuviera un poco mejor.

—Bueno, siempre he creído que, cuando uno se siente realmente mal, tiene que comer picante —repuse—. ¿Todavía te sientes mal?

—No. Ahora solo sudo sin parar. —Cédric agarró la jarra de agua, se sirvió un vaso entero y bebió un par de sorbos con avidez.

—¿Ves lo que te decía? —observé.

Era más de medianoche cuando acompañé a mi amigo hasta la calle. Le había ofrecido pasar la noche en mi casa, pero no quiso.

—Quizá, después de todo, Augustin venga —dijo tras echar un vistazo a su teléfono.

—¿Te ha escrito?

—No. —Cédric meneó la cabeza y su mirada de nuevo se ensombreció.

Nos quedamos un rato frente a la puerta de la calle y contemplamos la plaza tranquila con los abetos. La Sardine ya había cerrado, y tampoco había luz en el Galopine ni en el bistró Sainte-Marthe. Cédric fumó un último cigarrillo.

—Bueno —dijo—. Pues me voy. Es hora de dormir.

Apagó el cigarrillo y se anudó la bufanda al cuello; noté que la mano le temblaba.

—Cédric —dije—, sabes que no soy vidente, pero estoy convencida de que Augustin volverá. Sería un idiota si no lo hiciera.

—Gracias, Joséphine —respondió—. Realmente eres una muy buena amiga.

Lo abracé.

—Y tú un muy buen amigo —repuse—. Llámame o pásate por aquí si te parece que se te cae la casa encima, ¿me oyes? Para ti estoy siempre.

—Lo haré, *darling*. —Me saludó con el brazo a la vez que esbozaba una sonrisa torcida y luego se dirigió lentamente a su casa.

Contemplé cómo se marchaba hasta que desapareció en la oscuridad y me invadió una oleada de lástima. Ojalá hubiera sabido consolarle mejor.

De todas las penas que existen, probablemente el mal de amores es la más solitaria, me dije mientras volvía a entrar en la casa. ¡Pobre Cédric! No me había atrevido a contarle lo feliz que era porque Luc por fin quería declararse. Pensé en nuestra cita en el Hôtel du Nord, y cuando, un poco más tarde, me encontré tumbada en la cama e imaginé nuestro encuentro, no habría creído posible que, apenas veinticuatro horas después, me alegraría tanto de tener un amigo como Cédric.

11

A las siete y cuarto del sábado por la noche yo ya estaba en el Hôtel du Nord, sentada en «nuestro» sitio, una mesa situada en un rincón cerca del piano negro, que se encontraba junto a la pared más larga de la sala. Ahí, debajo del retrato en marco dorado de Jacques Prévert sentado a una mesa en el Jardín de Luxemburgo con su perro y una solitaria copa de vino, fue donde nos encontramos para nuestra primera cita secreta; después de cenar, tomamos la escalera para subir a la habitación que Luc había alquilado para los dos, parándonos para besarnos cada tres peldaños.

Creo que entonces fue la primera vez que estuve en ese hotelito a orillas del canal Saint-Martin, con vistas al pequeño puente peatonal y a los árboles detrás de los cuales refulgía el agua. En verano, cuando me paseaba a lo largo del Quai de Jemmapes, pasaba a menudo por delante de ese establecimiento y veía a la gente sentada en la entrada tomando el café bajo el sol o comiendo en el restaurante del interior.

Y aquel frío día de febrero de hacía casi tres años, entré ahí. Nerviosa, recorrí con la mirada el hermoso café situado en la zona del vestíbulo —el banco de cuero rojo junto a la ventana, las sillas Thonet negras en las mesitas—, di unos pasos vacilantes sobre las bonitas baldosas de color azul oscuro y blanco, me acerqué a la barra antigua frente a la que había varios taburetes tapizados en cuero y... lo vi.

Luc se había sentado al fondo del restaurante, al cual se accedía subiendo unos pocos escalones, justo en la mesa donde ahora yo estaba sentada. Ya me estaba esperando; según me confesaría luego, había ido con demasiada antelación, por temor a no encontrarme.

Al pensar en eso, sonreí; ensimismada, deslicé de un lado a otro mi copa sobre el mantel blanco, mirando una y otra vez hacia la entrada.

Quizá por eso me gustaba tanto el Hôtel du Nord: porque ahí pasé mi primera noche de amor con Luc. Sin embargo, me gustaba de todos modos. Era un establecimiento que años atrás había estado a punto de ser demolido. Pero, aunque viejo, tenía un gran pasado. Por todas partes colgaban carteles y fotos enmarcadas de la famosa película *Hôtel du Nord*, rodada ahí en la década de 1930. Las fotografías en blanco y negro de los actores probablemente no decían gran cosa a la mayoría de los huéspedes actuales, y debo admitir que yo misma no reconocía a ninguno, excepto a la famosa Arletty, que había participado en la película. En cualquier caso, por supuesto, sí conocía la historia de Pierre y Renée, los dos jóvenes e infelices amantes que, arruinados y desesperados, van a ese hotel —que en esos tiempos era un establecimiento venido a menos que mal que bien se podían permitir— para suicidarse juntos en la habitación.

Tras varios giros dramáticos, en el último momento la historia tiene un final feliz y, por una vez, la fortuna, en su ceguera infinita, favorece a las personas adecuadas.

El camarero se acercó a mi mesa.

—¿Ha venido sola? —preguntó—. ¿Quiere tomar algo?

—No, estoy esperando a otra persona —dije y volví a mirar hacia la puerta. Eran casi las ocho menos cuarto. Me entró la duda. ¿Luc no me habría dejado plantada ahí, verdad? Nerviosa, me pasé la mano por el vestido y saqué el móvil del bolso para ver si tal vez había intentado contactar conmigo. Fruncí el ceño y miré la pantalla, pero no había nada. Ningún mensaje nuevo.

Por la mañana, antes del almuerzo, había hablado un momentito con Cédric, que parecía todavía bastante deprimido. Augustin no había dado señales de vida y Cédric intentaba distraerse escribiendo un artículo. «Por lo menos, cuando trabajo no pienso en él», me dijo. Luego me había preguntado si me apetecía pasarme por su casa por la noche. Aunque di unos cuantos rodeos, al final confesé que ya había quedado con Luc.

«Quería encontrarse conmigo a toda costa. Un sábado. Eso no lo había hecho nunca antes. Me dijo que tenía una sorpresa para mí. —Vacilé un instante—. No lo sé, Cédric, pero casi me pareció como si hubiera hablado con su esposa».

«Bueno, *darling*, eso, para variar, realmente sería una noticia estupenda —dijo—. ¡Espero que tengas suerte!».

Colgué un poco desconcertada. ¿Por qué Cédric me deseaba suerte? La única explicación era que personalmente estaba de muy mal humor. Lo cual, en sí, era comprensible.

Pero mientras esperaba a Luc en el Hôtel du Nord y los minutos transcurrían con una lentitud espantosa, me di cuenta de que empezaba a dudar de mi propia suerte. Las ocho menos diez. Cuando cogí el teléfono de encima de la mesa preguntándome si debía o no llamar a Luc, oí su voz.

—¡*Salut*, Joséphine!

Levanté la mirada y vi a Luc viniendo hacia mí con una sonrisa. Se acercó a la mesa, me dio un beso y se quitó su abrigo de color azul marino.

—Perdona el retraso. El tráfico...

Colocó el abrigo sobre la silla que quedaba libre y tomó asiento en el rincón.

—No pasa nada —dije aliviada—. Ha habido un momento en que creí que no ibas a venir.

—¡Qué cosas se te ocurren! —repuso, cogiendo mis dos manos entre las suyas—. Qué guapa estás esta noche.

—Bueno —respondí mientras sentía el corazón latiéndome con fuerza—. Esta noche es muy especial, ¿verdad?

Él asintió.

—Cierto. —Me miró, ensimismado—. ¿Te acuerdas aún de la primera vez que nos encontramos, *mon amour*?

—Sí, hace un momento yo también pensaba en ello —dije asintiendo y con una sonrisa.

El camarero regresó a la mesa y trajo los menús.

—¿Les apetece algún aperitivo? —preguntó con amabilidad.

—Sí, desde luego. —Luc se recostó en su asiento—. ¡Tráiganos una botella de champán! ¡Un Dom Pérignon!

—Guau —dije cuando el camarero se hubo marchado—. Toda una botella. ¿Acaso hay algo que celebrar?

Luc sonrió.

—Y tanto —dijo—. Y tanto.

El camarero colocó una cubitera junto a nosotros, descorchó la botella y llenó las copas.

Tomé la mía. El champán estaba helado.

—¿Y por qué brindamos, Luc?

—¡Por nosotros, *mon amour*!

Chocamos las copas y tomé un sorbo, casi ahogándome de la emoción. Ahora él lo diría. Por fin. Llevaba tanto tiempo esperando ese momento.

—Querida Joséphine —empezó Luc—, en febrero ya hará tres años que estamos juntos...

—Sí, lo sé...

Me erguí, atenta.

—Entonces nos citamos por primera vez aquí, en el Hôtel du Nord, y fue una noche maravillosa. Pero una noche es demasiado poco, ¿no te parece? Me gustaría mucho pasar más tiempo contigo, Joséphine.

—A mí también.

Aferré la copa de champán muy emocionada.

—Y por eso... —me dirigió una mirada elocuente y yo me quedé literalmente prendida de sus labios— se me ha ocurrido algo muy especial.

Con un gesto torpe, sacó un sobre de su bolsillo y lo colocó ante mí.

—*Voilà!* —dijo con orgullo—. ¡Mi sorpresa!

Me quedé mirando el sobre. ¿A qué venía toda esa ceremonia? ¿Acaso era incapaz de decirme tranquilamente que había hablado con su mujer y que celebraríamos juntos la Navidad?

Enarqué las cejas y meneé la cabeza mientras sonreía.

—Luc, ¿qué...?

—No, primero ábrelo —dijo—. Te gustará.

Tomé el sobre y lo abrí. Sorprendida, saqué el folleto lujoso y elegante de un hotel Relais & Châteaux de Niza.

—¿Qué es esto? —pregunté.

—Nuestro hotel —me explicó con una sonrisa—. En febrero vamos a ir una semana a Niza. Por nuestro aniversario. He movido unos cuantos hilos para tener libre esa semana. Bueno, ¿qué me dices?

No dije nada.

Luc me miraba sonriente y yo, de pronto, tuve la sensación de que las cosas estaban tomando un rumbo equivocado.

—¿Y se supone que esto es la sorpresa? —pregunté—. ¿No querías decirme algo más?

Noté cómo los ojos se me anegaban en lágrimas.

—¿Decirte qué? ¿A qué te refieres? —Me miró atónito—. ¿Qué te pasa? ¿No te gusta Niza? Podemos ir a otro sitio, pequeña. Pero febrero allí es precioso. Es cuando florecen las mimosas...

—¡Luc! —exclamé interrumpiéndole—. Todo eso está muy bien, pero ¿qué me dices de Navidad? ¡¿Qué pasa con la Navidad?!

—¿La Navidad? —repitió incómodo. Fue entonces cuando supe que no había hablado con su mujer.

—¡Sí, la Navidad! ¿De qué hemos estado hablando todo este tiempo? Tú ibas a hablar con Agnès, decirle que estamos juntos. Ibas a venir casa de mis padres para pasar la Navidad. ¿Y ahora me regalas una semana en Niza en febrero? ¿Te crees que con eso me vas a sobornar?

—Pero yo no quiero sobornarte, ¿qué dices? Solo quería temer un detalle bonito contigo —dijo con tono afligido—. Pensé que eso te alegraría.

—¿Y qué pasa con la Navidad? —repetí.

—Bueno —dijo él encogiéndose de hombros—. Esta vez es complicado. ¿Sabes? Agnès...

—Entiendo —le interrumpí—. ¿Complicado, dices? ¿Y cuál es el motivo esta vez que te impide hablar claro con Agnès? —Tomé un gran sorbo de champán y me recosté en el asiento—. Tengo ganas de oír cuál será la siguiente excusa.

—¡Por favor, Joséphine! No te pongas así —intentó calmarme—. Hablaré con ella. Quiero hacerlo y voy a hablar con ella...

—Deberías escucharte cuando hablas, Luc. Resulta patético ver cómo te engañas a ti mismo.

—Pero es que aún está muy enferma, Joséphine. Esa gripe horrible la ha dejado totalmente hecha polvo. ¿No entiendes que debo esperar a que esté más o menos repuesta?

—No, Luc, no lo entiendo. ¿Verdad que Agnès no se encuentra en las últimas, ingresada en cuidados intensivos?

—No, eso no —musitó—. Pero ahora mismo realmente no está muy bien. Esperemos hasta Navidad y entonces hablo con ella, te lo prometo.

Tomé aire y me di cuenta de que dentro de mí el desengaño se convertía en una inmensa rabia.

—No, Luc —dije—. Esto no va así: o hablas con Agnès antes de Navidad o lo nuestro es historia.

—Pequeña, entiendo que estés enfadada. No te falta razón para estarlo. Pero, por favor, entiende también mi situación, un poco al menos.

Lo miré sin decir nada y recordé todos los juramentos y promesas que me había hecho en los últimos tres años.

—Te lo ruego, Joséphine. No quiero perderte. —Me miró suplicante—. Yo también deseo estar contigo y haré todo lo que esté en mi mano, pero dame unas semanas. Agnès sigue aún tan débil... Y los niños tienen tantas ganas de pasar la Navidad...

—No. —Negué con la cabeza—. Lo has dicho hace un momento: nos conocemos desde hace casi tres años. Es tiempo suficiente para decidirte. Si este año vuelves a dejarme colgada en Navidad, se acabó.

—¿Es tu última palabra de verdad? Nosotros podemos hablarlo todo, Joséphine.

Vi que jugueteaba con la carta para intentar ganar tiempo.

—Hemos hablado demasiado, Luc. Por favor, márchate. —Volví a meter el folleto de viaje en su sobre y lo deslicé hacia el otro lado de la mesa—. Y será mejor que te lleves esto. Quizá a tu mujer le encante la idea de hacer un viaje a Niza cuando florecen las mimosas.

Me dirigió una mirada dolida.

—Joséphine, ¿por qué eres tan dura? Nunca he querido herir tus sentimientos. Tienes que creerme. Te quiero de verdad. —Intentó asirme de la mano, pero la aparté y me crucé de brazos.

—Sí, lo sé —le dije—. Vuelve en cuanto tengas algo nuevo que contarme.

—Vale, muy bien. Veré lo que puedo hacer. Te llamo entonces, ¿vale?

Aguardó un momento y, al ver que yo no decía nada, se levantó y se marchó del restaurante como un perro apaleado. Vi que se paraba en la barra para pagar el champán. Había sido siempre un caballero de la vieja escuela. Luego se volvió otra vez hacia mí, levantó la mano y sonrió contrito, esperando tal vez que yo lo retuviera.

Sin embargo, me mantuve sentada sin moverme e impertérrita. Solo cuando Luc Clément hubo cruzado la puerta del Hôtel du Nord, dejé salir las lágrimas.

El camarero, incómodo, empezó a revolotear en torno a mi mesa.

—Me figuro que no va a pedir nada más, mademoiselle —dijo al cabo de un rato—. ¿Le puedo ofrecer algo más? ¿Tal vez un pañuelo?

Negué con la cabeza. Llevaba unos diez minutos quieta allí sentada, llorando en silencio. De vez en cuando, algunos huéspedes miraban hacia mi mesa, pero la mayoría no reparó en la triste figura que había en un rincón del restaurante.

El camarero dejó un paquete de pañuelos de papel sobre la mesa y los deslizó delicadamente hacia mí.

—No se lo tome tan a pecho, mademoiselle. Ya pasará. ¿No tiene a nadie a quien llamar? ¿A una amiga, quizá?

—Sí, claro.

Saqué uno de los pañuelos y me sequé las lágrimas. A continuación, llamé a Cédric.

Escuchar su voz me sentó muy bien.

—¡Cédric! —dije solo.

—*Darling*, ¿qué ha pasado? —preguntó alarmado—. ¿La cena ya ha terminado?

—La cena se ha cancelado —expliqué con voz temblorosa—. Pero aún queda mucho champán. ¿Nos emborrachamos juntos?

Cédric tardó apenas cinco minutos en asomar por la entrada del Hôtel du Nord. Se apresuró hacia mi mesa ondeando su bufanda y me estrechó entre sus brazos.

Y así nos encontramos los dos sentados en ese viejo hotel; dos amantes desesperados, cada uno desdichado a su manera. Por lo menos, no teníamos intenciones suicidas. Vaciamos la botella de champán del todo, y Cédric pidió luego otra.

—¡Has hecho muy bien, *darling*! —dijo cuando, dos horas después, salimos del hotel con paso vacilante. La verdad, estábamos bastante ebrios—. Por fin le has puesto una pistola en el pecho a ese hombre y se ha dado cuenta de que debe tomar una decisión. Tengo ganas de ver lo que pasa ahora. —Dimos unos pasos y cruzamos entonces el puente de la esclusa para dirigirnos hacia el Quai de Valmy—. Y lo bueno de todo esto es que —añadió Cédric mientras se detenía un momento y levantaba el dedo como si fuera un maestro— para ti solo puede traer cosas buenas.

—Eso es una teoría interesante —dije y solté una risita. De pronto todo resultaba tremendamente divertido.

—Sí, sí —aseguró Cédric con la lengua pastosa—. Si se separa de su mujer, es bueno. Y, si no, también es bueno…, porque… entonces sabrás que no merece la pena y podrás emplear tus energías… —Bajó la escalera del puente con un ligero tambaleo, resbaló en el escalón y perdió tanto el equilibrio como el hilo de lo que decía—. ¿Dónde estaba? Ah, sí… Emplear tus energías en otras cosas —dijo finalmente contento.

Lo agarré del brazo mientras caminábamos balanceantes por el pequeño sendero junto al canal.

—Hay más pecesh en el río, ¿shabesh? —dijo balbuceando—. Apuesto a que no volverás a ver pronto a tu Luc.

Pero en esto, Cédric se equivocaba.

Volví a ver a Luc. Fue a los pocos días de habernos separado en el Hôtel du Nord…

12

Es una perogrullada decir que las desgracias nunca vienen solas, pero suele ser cierto. Tres días después de la accidentada cena con Luc, la calefacción también pasó a mejor vida; por mucho que golpeara el radiador de hierro fundido e hiciera girar de un lado a otro la vieja válvula, no pasaba nada. Mi casa seguía fría.

Ya por la mañana me desperté en un palacio de hielo.

—¡Menuda mierda! —maldije mientras tanteaba el suelo en busca de mis zapatillas de piel. A continuación, me acerqué al radiador que colgaba junto a la puerta. Tenía las costillas frías—. ¿Tiene que pasar esto ahora?

Llamé a monsieur Crillon, mi casero. Prometió que enviaría a alguien.

—¿Cuándo? —pregunté—. Mi piso está helado.

Entretanto me había puesto el jersey más grueso que tenía: una cosa desproporcionada tejida a mano con estrellas azules, que casi me llegaba a las rodillas y que había comprado hacía muchos años en Helsinki, cuando cursaba mi semestre en el extranjero y nevaba día y noche, en un puestecito del mercadillo navideño junto a la iglesia ortodoxa.

—Me temo que hoy va a ser imposible —respondió monsieur Crillon—. ¿No tiene ningún radiador eléctrico? ¿Ni aunque sea una estufa pequeñita? Son cosas que hay que tener en caso de urgencia.

—No. —Todo indicaba que no estaba especialmente preparada para imprevistos—. Solo tengo una almohadilla térmica.

No estaba segura de si aún funcionaba esa cosa horrible que mi hermana Eugénie, la médica, me había regalado hacía años cuando me dio un lumbago después de pintar mi piso. Tras leer en un artículo del periódico que esas almohadillas eran a menudo motivo de incendios domésticos, la había desterrado a las profundidades de mi armario por precaución.

Monsieur Crillon se echó a reír.

—No llegará muy lejos con una almohadilla térmica, mademoiselle Beauregard. ¿Por qué no se compra una de esas estufas pequeñas? No son muy caras.

—Se lo ruego, monsieur Crillon —gimoteé—. ¿No podría venir alguien hoy mismo? De verdad que es una emergencia. Me voy a congelar.

—No puedo prometerle nada, mademoiselle. Haré todo lo posible para encontrar otro técnico. Tal vez lo consiga a primera hora de la tarde. Si no, mañana. *Bonne journée*.

Colgó y miré por la ventana soltando un suspiro.

En la calle llovía y, la verdad, no tenía muchas ganas de salir de mi piso. Intenté ponerme en contacto con Cédric, por si tal vez él tenía una de esas estufas, pero no contestó al teléfono. Entonces recordé que los martes siempre iba a la redacción.

Decidí salir. Puestos a tener que salir con un tiempo tan horrible, me decidí a combinar esa compra tan desagradable con una vueltecita por el Bon Marché para comprar los últimos regalos de Navidad.

¡Navidad! ¡Ay!

Mi corazón se estremeció de dolor cuando, poco después, llegué ante ese hermoso y antiguo gran almacén de la rue de Sèvres y miré los escaparates. Estrellas blancas de papel y luces plateadas; maniquíes con vestidos de fiesta y montones de paquetitos plateados y dorados a sus pies. Recordé mi vestido de terciopelo azul y tragué saliva. Luc no había vuelto a dar señales de vida. Cada vez que sonaba el teléfono, pensaba que era él. Pero nunca lo era. Tras advertirme a mí misma que debía suprimir de mi mente cualquier pensamiento relacionado con Luc, entré en el luminoso edificio de varias plantas.

Noté una ráfaga de aire caliente en cuanto me uní a la gente elegantemente vestida que vagaba entre los puestos de venta buscando los últimos regalos de Navidad. Para ser un martes por la mañana, el Bon Marché estaba bastante concurrido, pero en grandes almacenes como esos todo transcurría de forma tranquila y plácida. Allí no había ni prisas ni empujones, y eso hacía la visita muy agradable. Paseé un rato por la planta baja, donde había una maravillosa perfumería y pequeños puestos de jóvenes diseñadores, entre otras cosas. Probé algunas fragancias, acaricié las delicadas prendas de punto que había sobre las mesas, compré un par de guantes rojos para Eugénie y una suave bufanda azul oscuro para Pauline, y finalmente admiré las joyas que brillaban en las vitrinas de cristal. Luego seguí mi camino. Por lo menos, allí dentro no me helaría. Me dejé cautivar por las cosas hermosas que había a mi alrededor y me detuve un rato frente a un perchero de albornoces para hombre. Semanas atrás había comprado una corbata de seda azul con puntitos rojos para Luc; a saber si alguna vez tendría la oportunidad de regalársela. Saqué un albornoz que era del mismo color que los ojos de Luc y luego lo volví a colocar en su sitio, llena de pesar.

¿Qué estaba haciendo allí? Seguramente, ya no necesitaba ningún albornoz para Luc. Si había que creer en las palabras de Cédric, mi amante del ministerio ya era historia. Sin embargo, en mi interior aún quedaba esa pequeña chispa de esperanza que simplemente no se podía apagar. A fin de cuentas, continuamente ocurrían cosas increíbles, así que ¿por qué no podía ser así en mi caso?

Perdida en mis pensamientos, seguí paseando sin rumbo y miré la hora. Eran las doce y media y me pregunté si acaso no debería almorzar algo en el restaurante del piso superior.

De vuelta a las escaleras mecánicas, al pasar junto a los expositores de joyería, de pronto reparé en un hombre muy parecido a Luc. Me acerqué con cautela. Sí, era él. Inconfundible: el abrigo azul marino, la bufanda a rayas. Era Luc. Y no estaba solo. A su lado había una hermosa mujer de pelo rubio oscuro. Debía de ser unos quince años mayor que yo, vestía un abrigo azul claro con una encantadora gorra a conjunto y tenía los ojos de color de nomeolvides y los labios pintados de rojo. Iba cogida del brazo de Luc y sonreía mientras señalaba un reloj Cartier de la vitrina. Luc entonces asintió y la vendedora les mostró ese reloj de oro con correa de cuero de color rojo oscuro.

Desde una distancia prudencial, observé cómo la vendedora presentaba el reloj y luego lo metía en un estuche, mientras la mujer de la gorra se acurrucaba contenta junto a Luc y le daba un beso. Luego ella volvió la mirada hacia mí, pero sin verme. Y, aunque me hubiera visto, no habría importado, dado que no me conocía.

Así pues, esa era Agnès. Tenía cara de buena persona y no podía imaginarse que la amante de su marido se encontraba a pocos metros de ella y que en ese momento se daba cuenta, atónita, de que la mujer de Luc Clément ni era una bruja, ni estaba postrada en la cama agonizando. Todo indicaba que era una persona encantadora que había ido al Bon Marché con su marido, aprovechando el descanso del almuerzo, para elegir su regalo de Navidad.

Madame Clément se inclinó hacia su marido, le dijo algo y se encaminó hacia un puesto de bolsos. Y, mientras Luc, incauto, sacaba la cartera para pagar, yo salí de mi escondite. Avancé sigilosa hacia él y luego le di un golpecito en el hombro por detrás. Sorprendido, se volvió.

Al verme, se quedó de piedra, horrorizado.

—¡Joséphine!

Sus ojos parpadearon, inquietos.

—*Coucou*, Luc —le dije con tono amable. Observé, con una sonrisa sombría, cómo miraba de reojo a la mujer de la gorra azul claro, la cual en ese momento estaba examinando un bolso detrás de los expositores de joyería.

—¿Compras navideñas?

Enarqué las cejas con gesto burlón y me quedé mirando el estuche rojo de cuero de Cartier que la vendedora acababa de hacer desaparecer en una elegante bolsa de la compra.

—¡Aquí tiene, señor! —dijo con voz aflautada—. Sin duda, su esposa disfrutará de este precioso regalo durante mucho tiempo.

—Eh... Sí.

Se apresuró a coger la bolsa. A continuación, se pasó la mano por el pelo y volvió la vista hacia el puesto de los bolsos. Seguramente se estaba temiendo una escena.

Sonreí.

—Oye, pequeña. Me pillas en muy mal momento —murmuró.

—Ya me he dado cuenta. —Meneé la cabeza con una lástima fingida—. Pobre Agnès. Estaba tan enferma. Es increíble lo rápido que se ha recuperado —dije con sorna mordaz—. Ha sido..., cómo decirlo, una recuperación espontánea. Seguro que pronto hablarás con ella, ¿verdad?

Pude ver aún cómo las mejillas se le sonrojaban; luego, me dirigí a la salida con la cabeza bien alta, abrí el paraguas y salí a la lluvia.

Por supuesto, me olvidé por completo de la estufa. Me metí en el café más cercano para refugiarme de la lluvia helada y de mis sentimientos profundamente heridos, y probé de nuevo a hablar con Cédric, mi confidente y compañero de fatigas. Esta vez contestó al teléfono y yo le conté rabiosa todo lo que me había pasado.

—A ver, ¿qué quiere de mí? Tiene una mujer agradable y le compra relojes Cartier —dije enfurecida.

—No te lo tomes como algo personal —me tranquilizó Cédric—. Es un hombre. Un hombre casado, perfectamente normal. Esto es París. Así son las cosas. *C'est la vie*.

—Ah, ¿sí? —respondí con amargura—. Pues eso para mí es nuevo. En fin, ¿qué esperar de un día que empieza con una calefacción rota? Ya tengo ganas de ver qué más puede pasar. No hay dos sin tres, ¿verdad?

No esperé respuesta y seguí revolcándome en la autocompasión.

—No quiero interrumpirte, *darling*, pero es que todavía estoy en la redacción —me contó Cédric al cabo de un rato—. ¿Hablamos luego? Vuelvo a casa a primera hora de la tarde.

—Sí, por supuesto. Perdona por haberte soltado el rollo de este modo.

—No te preocupes. ¿Qué vas a hacer?

Parecía preocupado.

Me encogí de hombros.

—Ni idea. Tal vez intente trabajar un poco en mi traducción. Pero antes voy a ver si me compro una de esas estufas eléctricas. Si no, me veo escribiendo con mitones, como en *Doctor Zhivago*. En los cristales de las ventanas ya tengo escarcha.

Por la tarde regresé a mi piso gélido completamente aterida. Por lo menos, la búsqueda de la estufa había salido bien. Finalmente, en una pequeña tienda de electrodomésticos del barrio, encontré un aparato de segunda mano que, según me había asegurado el dependiente, funcionaba perfectamente. «Lo único que tiene que vigilar es que no se sobrecaliente», me dijo mientras metía la estufa en una caja. Coloqué entonces el aparato en el centro de la habitación y lo enchufé a la toma de corriente de la pared. Lo puse a la máxima potencia; una lucecita de color rojo oscuro se encendió en el interior del aparato, se oyó un suave zumbido y al poco rato el piso empezó a calentarse. Más aliviada, colgué la ropa mojada en el cuarto de baño y me puse un jersey y un pantalón de chándal. A continuación, me preparé una taza de té y me senté en el escritorio. La estufita zumbaba y una corriente de aire caliente me acariciaba agradablemente las piernas. Me sumergí en mi traducción y, cuando acababa de llegar al primer asesinato, sonó el timbre de la puerta.

Levanté la vista, sorprendida. Eran las cinco y media. ¿Quién podía ser? ¿Cédric, quizá? Mientras me levantaba y me dirigía a la puerta, recordé la conversación con mi casero. Fantástico, me dije contenta. Monsieur Crillon debía de haber encontrado un operario para arreglar mi calefacción.

—*Oui?* —Pulsé el botón del interfono, pero solo pude oír unos chasquidos—. ¿Hola? —volví a preguntar—. ¿Es usted el técnico de la calefacción? ¡Suba, por favor!

Al cabo de unos instantes, alguien llamó a la puerta. Vaya, me dije, los técnicos reparadores son un personal muy atlético. De la planta baja al cuarto piso en diez segundos. Todo un récord.

Abrí la puerta sonriendo, pero entonces me quedé petrificada.

—¿Qué quieres? —pregunté.

Luc estaba en el rellano. Llevaba en la mano un ramo de rosas blancas que sacudía como si fuera una bandera.

—Paz —dijo—. No te enfades, Joséphine.

Esbozó una sonrisa y me miró con cara suplicante.

—No me lo puedo creer.

Retrocedí un paso, algo que él interpretó obviamente como una invitación a entrar.

—¡Quieto! —dije agarrando el marco de la puerta con una mano para impedirle el paso—. ¿No creerás en serio que vas a volver a mi casa, Luc? Después de lo que he visto hoy en el Bon Marché.

Él bajó la cabeza.

—Lo siento. Pero, por lo menos, acepta las flores. Tómalas en señal de rendición.

—¿En señal de rendición? —Confundida, dejé que me pusiera las rosas en la mano—. ¿Qué significa eso?

Me miró y se encogió de hombros con actitud desvalida. Se quedó allí parado, como un niño pequeño tras haber hecho una travesura.

—Me rindo ante ti. Siento haberte mentido sobre Agnès, tenía miedo de la verdad. Ya sé que suena extraño. Pero es que… Cuando este mediodía de pronto te he visto frente a mí en el Bon Marché, me he dado cuenta de lo mucho que significas para mí. Te echo de menos, Joséphine. Démonos otra oportunidad.

Noté que dudaba, y Luc también.

Se me acercó un paso más.

—No quiero pelearme contigo. ¿No puedo entrar ni un momentito?

Me sonrió. Le miré a los ojos y, por un instante, todo volvió a ser como siempre.

—Tú y yo, *mon amour*, somos el uno para el otro —dijo suavemente mientras me atraía hacia él—. ¿O acaso no es así?

Me cubrió la cara de besos y hundió la cabeza en mi hombro. Habría sido muy simple dejarme llevar, sucumbir a las hermosas palabras de Luc, perderme entre sus brazos de nuevo y olvidar todo lo demás. Noté que el ramo se me escapaba de las manos y Luc me empujó a besos hacia el interior de mi piso.

—Pero ¿y tu mujer? —protesté—. ¿Qué pasa con Agnès?

—Encontraremos la solución —murmuró—. Hazme caso.

Y, justo entonces, experimenté un momento de lucidez esclarecedora. Como si fuera una película, vi ante mí todas las ocasiones en que Luc me había susurrado «hazme caso» al oído. Si cedía de nuevo esta vez, todo continuaría igual durante los próximos cien años. Yo seguiría esperando. Engañándome a mí misma. Envejeciendo. Y, al final, me encontraría sin nada, sola, por haber preferido creer lo que Luc me decía a tomar una decisión por mí misma.

Inspiré profundamente y lo empujé de nuevo hacia el rellano.

—No, Luc —dije.

—¿No? —Me miró, desconcertado.

—Me gustaría tanto creerte, Luc —aseguré con voz firme—. Me has prometido tantas cosas…, pero ahora quiero hechos. —Parecía la heroína de una tragedia de Shakespeare, pero me daba igual—. De ti no quiero flores ni viajes a Niza de los que nadie puede enterarse. Quiero a un hombre con el que poder ir cogida de la mano por la vida. Te dije lo que quiero, pero no me importa repetírtelo: o estás conmigo por Navidad o saldrás de mi vida. Avísame cuando sepas lo que quieres.

Cerré la puerta sin esperar su respuesta. Luego me di la vuelta y me apoyé en ella.

En el rellano se hizo el silencio un momento, pero luego volví a oír golpes en la puerta.

—¿Joséphine? No puedes estar hablando en serio. ¡Por favor, abre! ¡Eh, Joséphine! ¿De verdad me vas a dejar aquí fuera? ¿Por qué crees que he venido expresamente hasta aquí? Yo sé lo que quiero, ¿me oyes? —Volvió a llamar a la puerta—. Vamos, pequeña, no seas infantil y abre la puerta. Arreglaré este asunto, te lo prometo. ¿Joséphine? ¡¿Joséphine?!

Me quedé escuchando con el corazón latiéndome de prisa y conteniendo la respiración. Fuera del piso, se hizo el silencio. Al parecer, Luc seguía de pie delante de la puerta, esperando a que le dejara entrar. Me puse a inspirar y a espirar profundamente. Inspirar y espirar.

Por fin oí sus pisadas en la escalera; primero me parecieron un poco vacilantes, pero al final la puerta de abajo se cerró.

13

Hay días en los que te levantas por la mañana y desearías que ya fuera de noche. En la calle hacía frío, la estufa estaba puesta al máximo, yo me tapaba con las mantas hasta la barbilla, con los ánimos por el suelo, y, si monsieur Crillon no me hubiera llamado para decirme que el técnico se pasaría a reparar la calefacción, probablemente no habría salido de la cama. Por desgracia, es un error pensar que los problemas se arreglarán si uno se queda en la cama.

Así que, al final, me levanté, me preparé un café con leche y filosofé un poco más acerca de las injusticias de la vida. Me sentí contrariada con mi suerte y recogí las rosas de la puerta: primero las puse en un jarrón, luego las tiré a la basura y, de pronto, me invadió la duda de si había hecho bien rechazando a Luc y arriesgándome a que no volviera a contactar conmigo. Tal vez, me dije, al final sí me llamaría. Puede que fuera bueno haberme mantenido firme para que algo al fin se moviera. Mis pensamientos iban y venían de un lado a otro y fui consciente de que los días previos a Navidad estarían marcados por ese desasosiego. ¿Tenía una relación? ¿O ya no? ¿Era realista suponer que Luc se separaría de su esposa y abandonaría a su familia para estar conmigo? ¿Acaso él se engañaba a sí mismo? ¿O era yo la que se engañaba? Me dije con tozudez que hasta que no se demostrase lo contrario todo era posible, y enjuagué mi taza.

Si Luc no decía nada para Navidad, yo misma pondría fin a ese asunto. Entonces ya lo tendría muy claro.

Cuando se pone una pistola contra la cabeza de alguien, hay que estar dispuesto a disparar. Así de simple.

Sumida en esos heroicos pensamientos, me puse a trabajar en mi traducción. Aquella novela policiaca era bastante entretenida y no era especialmente difícil; al poco rato me encontré absorta en ese misterioso caso de asesinato, siguiendo al investigador inglés por el pueblecito nevado de Snowhill. El inspector Rutherford no era precisamente rápido: su afición por las *shortbread*, unas galletas de mantequilla que siempre tomaba con el té, lo había vuelto algo lento. Sin embargo, aunque por desgracia el asesino siempre atacaba unos minutos antes de que el inspector llegara resollando a la escena del crimen, Rutherford poseía una pasmosa capacidad de deducción.

En ese momento se acababa de oír un disparo en el pequeño parque, y eso no auguraba nada bueno; de pronto, a mis espaldas se oyó un estruendo y se apagaron todas las luces. La pantalla de mi ordenador se quedó negra.

—¡Oh, no! ¿Qué ha pasado? —exclamé.

Me di la vuelta. El ventilador de la estufa se había parado y el aparato, al sobrecalentarse, había provocado un cortocircuito. Tuve el coraje de desenchufarlo. A continuación, me acerqué a la caja de fusibles del recibidor, la cual, lamentablemente, estaba detrás del armario chino. Aparté el armario de la pared con un gemido y luego lo empujé con todas mis fuerzas; entonces, de pronto, algo que había encima se balanceó peligrosamente y empezó a caer. Solté un grito de horror cuando algo oscuro se precipitó sobre mí, y logré a duras penas atrapar la urna con las cenizas de mi tío.

¡Lo que faltaba! ¿Acaso el tío Albert quería llamarme la atención? Lo cierto era que debía ocuparme de llevar pronto la urna al castillo, antes de que los restos mortales de mi tío tuvieran un final ignominioso en el suelo de madera de mi buhardilla. Coloqué con cuidado la urna sobre la pequeña cómoda en la que estaba también el llavero con el ancla de plata. Al hacerlo, me acordé de Maxime Lafôret. ¿No me había dicho que me llamaría cuando encontrara la llave del armario? Bueno, me dije, tampoco tenía la certeza de que realmente la estuviera buscando. Lafôret no era precisamente un dechado de formalidad. Pero hacía reír. A veces. Sin querer, sonreí al recordar su teoría acerca de los lingotes de oro que supuestamente estaban guardados en el armario de la casa flotante. Entonces me di cuenta de que en las dos horas que pasamos tomando café en La Sardine no había pensado ni un momento en Luc.

Ese Lafôret estaba siempre increíblemente... presente. Y, desde luego, no era solo por su altura. En cierto modo, tenía algo que lo hacía muy agradable. Aquel hombre daba siempre la impresión de estar exactamente donde se encontraba, y para algunas personas eso resultaba muy atractivo. Se enfocaba en el momento. Sin duda, Lafôret no era de esos hombres que dan muchas vueltas a las cosas, ni se perdía en fantasías irreales. Por lo menos sabía lo que quería. Aunque, por desgracia, en lo referente a la casa flotante, no quisiera lo mismo que yo.

Abrí la caja de fusibles con un suspiro. Todos los interruptores estaban bajados. Cogí una cuchara de madera y los fui levantando suavemente. La luz se encendió y el ordenador, también. Solo la estufa se había estropeado.

Así pues, me alegré mucho cuando, al cabo de un rato, el técnico —esta vez sí que era él— llamó a la puerta y resucitó mi vieja calefacción, tras purgarla cuidadosamente y llenarla con agua.

—Puede ser que falte presión —dijo con tono experto—. Usted vive muy arriba y la caldera está en el sótano. Es posible que sea insuficiente. En ese caso, debería volver a echar otro vistazo abajo. Téngalo en cuenta. Si vuelve a estropearse, ¡llámeme!

Se llevó la mano a la oreja, con el pulgar y el meñique estirados, como si tuviera un auricular en la mano. Luego dejó su tarjeta de visita sobre la cómoda y miró un momento la urna, intrigado.

—¿Su perro? —preguntó con simpatía.

—Mi tío —me apresuré a explicarle—. Hay que esparcir las cenizas. En el Loira —añadí.

—En el Loira... —repitió—. Un sitio precioso. Aunque, cuando uno está en ese estado, no se da mucha cuenta de las vistas, ¿verdad?

Soltó una carcajada sonora.

—Nunca se sabe —respondí con la esperanza de que, pese a todo, el tío Albert captara algo de su última morada.

—Por supuesto. —El instalador asintió y recogió su caja de herramientas—. Bueno, espero que ahora la calefacción ya funcione, mademoiselle. Es casi una reliquia. Y si no... —Me miró y volvió a hacer el gesto del teléfono.

—Si no, le llamaré.

El resto de la semana transcurrió sin que sucediera nada espectacular. Me zambullí en el trabajo e intenté pensar lo menos posible en la Navidad. La calefacción funcionaba bien y el tiempo seguía mal. Y mi humor tampoco era el mejor.

Cédric se pasó un día a última hora y me contó que Augustin por fin había dado señales de vida.

—Y... ¿qué ha dicho? —pregunté.

—Nada. Bueno, de hecho, no hemos hablado. Simplemente, me ha enviado un mensaje preguntándome si nos podríamos ver este fin de semana.

Cédric me miró desconcertado.

—Bueno, por lo menos se ha puesto en contacto contigo —dije.

Yo no podía decir lo mismo de Luc. El hombre de mis sueños se había esfumado.

—Puede que Augustin solo quiera recoger sus cosas —dijo Cédric, encogiéndose de hombros—. De todos modos, me alegra que haya dado señales. —Me miró—. Y tú, ¿qué tal?

—Ni mu —le dije—. Pero, bueno, el ultimátum aún no ha expirado. ¡Ja, ja, ja!

Hice una mueca, en un intento por hacerme la graciosa, pero tenía una sensación extraña.

—Si esto sigue así, en Navidad podremos organizar el baile de los corazones solitarios —dijo Cédric—. Estás invitada, *darling*.

—No estaría nada mal —dije—. La mera idea de volver a presentarme sola en casa de mis padres me aterra. Más cuando el plan era completamente distinto...

Suspiré profundamente.

—No sé qué desearte —dijo Cédric, pensativo—. Siempre he pensado que te mereces algo mejor que este Luc.

—No lo conoces, Cédric. También tiene su lado bueno —repuse abatida—. Solo que las cosas no son tan fáciles.

—Cuando uno quiere algo de verdad, en realidad todo resulta muy fácil —señaló Cédric con tono prudente. Le di la razón en silencio—. De todos modos, Joséphine, has hecho muy bien. ¿Y quién sabe? Al final, puede que esté completamente equivocado y resulte que todavía existe la magia de la Navidad.

—Ya se verá —dije.

Sin embargo, los días fueron pasando sin que Luc se pusiera en contacto conmigo. Mamá, en cambio, sí me llamó para saber cómo estaba. Dijo que hacía mucho tiempo que no sabía nada de mí.

—¿Va todo bien? —preguntó.

—Sí, todo bien —le dije—. ¿Y tú?

Faltaba poco para las nueve y yo me acababa de tumbar un ratito en la cama para leer. Llevaba todo el día sentada en el escritorio y me dolía la espalda.

—Dejando aparte que tu padre se pasa el día en la oficina para enseñar a ese abogado nuevo, todo va bien, sí. Papá ahora está aún en el bufete, llevo rato esperándolo para cenar. Ojalá el año próximo pueda bajar un poco el ritmo.

Suspiró y yo no pude evitar esbozar una sonrisa. Mamá siempre estaba contenta si podía quejarse.

—Pero, bueno, este Bailleul parece tener una mente brillante —continuó y luego se interrumpió—. En fin, a ti no hace falta que te lo diga, Joséphine. Después de todo fuiste a la ópera con ese hombre...

Esperó un momento. Capté la pregunta que ella no había acabado de formular.

—Así es —dije—. Pasamos un buen rato. Y la ópera estuvo genial. Deberíais ir a verla alguna vez.

—¡Ah, hija! A mí el canto no me gusta mucho. Prefiero el teatro, ya sabes. ¿Qué fuisteis a ver? *Turandot*, ¿no?

Aunque habló como si lo preguntara, yo estaba segura de que lo sabía perfectamente.

—Sí, *Turandot*. De Puccini.

—¿Esa no es la historia de la princesa que no quiere casarse? —preguntó de forma elocuente.

—Eso sería un modo muy breve de resumirlo, mamá, pero sí..., esa es más o menos la trama.

—¿Y?

—Y... ¿qué? Que al final, aparece alguien en la corte que logra resolver los tres enigmas que le plantea la hija del rey, no le decapitan y se casan. ¿Contenta?

Resoplé, algo exasperada. Mamá también.

—No —respondió—. Lo que quería decir es si vais a volver a veros, Bailleul y tú.

—¡Mamá, por favor! ¿Esto es un interrogatorio? —repuse—. Es posible que nos volvamos a ver, pero de momento no hay nada planeado. Ahora mismo estoy muy ocupada, ¿sabes?

—Sí, lo sé —dijo—. Pauline ya me lo contó.

—¿Qué te contó Pauline?

Se quedó callada un momento.

—Bueno, pues que estás muy ocupada —respondió evasivamente. Hizo una breve pausa—. Sin embargo, eso de Bailleul es una lástima —añadió—. ¿Por qué siempre espantas a todos los hombres agradables, hija?

—Pero, mamá —dije, algo perpleja—. ¿De qué estás hablando?

—Solo quiero que seas feliz, Joséphine.

—Soy feliz, mamá —mentí—. Muy, muy feliz.

Si lo repetía lo bastante a menudo, yo misma me lo acabaría creyendo.

—¿Por lo menos comes suficiente?

—Mamá, tengo más de treinta años. No trece. Claro que como suficiente. El viernes pasado cociné un fantástico *coq au vin*.

Sonreí burlona, pero ella no podía verlo.

—¡Oh, qué bien! ¿Tenías invitados?

—Sí —dije—. Vino un amigo a casa.

Nunca había presentado a Cédric a mis padres.

—E ¡imagínate! Me llevó a una gran fiesta en un bar flotante —le conté—. En el Rosa Bonheur sur Seine. Llegamos incluso a bailar.

—Oh, eso es maravilloso. ¿Y cómo se llama este amigo? ¿Lo conozco?

Sonreí.

—Se llama Cédric, mamá. Y no, no lo conoces. Pero seguro que algún día te lo presento.

Mamá pareció tranquilizarse. Se figuraba que su hija pequeña llevaba una vida de ermitaña. A sus ojos, traducir libros finlandeses era, sin duda, la antesala del autismo o, por lo menos, algo muy extraño.

—¿Te gustaría venir a almorzar el domingo? Eugénie y los niños estarán también aquí. Podrías traer a tu Cédric.

No podía imaginarme nada mejor que sentarme a la mesa con mi novio gay y la perfecta familia de mi hermana mayor, y que Camille, esa niña entrometida, volviera a preguntarme por mi actual situación en la vida.

—Eres muy amable, mamá, pero debo ocuparme de una traducción. Además, la semana próxima es Navidad.

—A papá también le encantaría verte. —Se quedó un instante pensativa—. ¿Qué tal va la venta de la casa flotante? —preguntó entonces.

—De momento, está en suspenso. Hubo ciertas... dificultades.

—Sí, eso he oído. Al parecer, ese inquilino es terrible. ¡Un auténtico monstruo!

Me eché a reír.

—Oh, mamá, ¿sabes? No es para tanto. Más tarde o más temprano llegaremos a un acuerdo —le dije.

Solo en cuanto hube colgado y volví a tumbarme en la cama para seguir leyendo me di cuenta de que, por primera vez, había dicho algo positivo de Maxime Lafôret.

Y, como si lo hubiera oído, aquella misma noche me llamó.

—Tengo buenas noticias, mademoiselle Beauregard —dijo y fue directo al motivo de su llamada—. No va a creer dónde he encontrado la llave.

14

Al día siguiente, mientras recorría a toda prisa el paseo junto al Sena y me acercaba al puente Alexandre III, Maxime Lafôret me esperaba en cubierta. Llevaba de nuevo la chaqueta Barbour de rigor y, al verme llegar, me saludó levantando la mano. Sentado a su lado estaba Filou, que empezó a ladrar muy excitado cuando me paré ante La Princesse de la Loire.

—*Bonjour*, monsieur Lafôret —exclamé casi sin aliento y me dispuse a subir al barco.

Me sentía tan nerviosa que estuve a punto de tropezar con la gran argolla de hierro a la que estaba amarrada la casa flotante.

—¡Acérquese! —Lafôret me tendió la mano y yo se la tomé agradecida—. No vaya a caerse al agua como el pobre monsieur Wong.

Me ayudó a subir a bordo. Nuestras miradas se cruzaron.

—Preferiría no hablar de aquello. Fue un capítulo muy oscuro —dije soltándole la mano.

Por un momento, nos quedamos frente a frente bajo el sol del mediodía, que se reflejaba en las ventanas de la casa flotante. Un cielo de intenso color azul se extendía sobre el Sena, y hacía tanto frío que nuestro aliento formaba pequeñas nubes blancas ante nuestros rostros.

—Bueno —dije por fin, hundiendo aún más las manos en los bolsillos de la chaqueta. Filou olisqueó excitado las perneras de mi pantalón y luego meneó la cola expectante—. ¿A qué estamos esperando? ¿No vamos a entrar?

—Hoy es viernes —dijo Lafôret.

—Sí... ¿Y?

—Son las doce. De hecho, yo no debería estar aquí. —Esbozó una amplia sonrisa—. ¿Hacemos una excepción? Supongo que para hoy no hay ninguna visita planeada.

—No diga tonterías, monsieur Lafôret —repuse poniendo los ojos en blanco—. Hoy la única visita programada es al armario. ¿Dónde está la llave?

Lafôret sacó del bolsillo del pantalón una pesada llave de latón y me la tendió.

—Aquí está —dijo. Fui a cogerla, pero él, juguetón, la agitó por encima de su cabeza—. ¿Qué recompensa hay para quien la ha encontrado?

—Vale, la mitad del tesoro —contesté con un guiño—. Es lo que acordamos. Siempre cumplo mi palabra, monsieur Lafôret. Y, ahora, deme esa cosa de una vez. —Le arrebaté la llave de la mano—. Espero que no haya abierto aún el armario.

—Me ha resultado difícil contenerme —explicó él, divertido—. Resulta muy tentador pensar en todo ese oro. —Se apartó el pelo de la frente con un gesto rápido—. Pero yo también soy un hombre de palabra.

—Tanto mejor. —Abrí la puerta de la casa flotante y bajé las escaleras que llevaban a la cabina. Filou iba a mi lado meneando la cola; detrás de él, su amo bajó con estrépito los escalones.

—¿No quiere saber dónde hallé la llave?

Yo ya me encontraba junto al armario y me di la vuelta para mirarle.

Lafôret estaba de pie, con los brazos cruzados y henchido de orgullo, y me miraba en busca de aprobación.

—Vale, ¿dónde la halló?

Sonreí condescendiente.

—Nunca lo adivinaría.

Se acercó a la fotografía enmarcada del tío Albert y la descolgó.

—¿Estaba pegada detrás de esa fotografía? Pero yo le di la pista.

—No del todo —dijo él dando la vuelta a la fotografía—. Ahí detrás no había nada. —Me miró dándose importancia—. Pero cuando retiré el cuadro de la pared, reparé en otra cosa. —Señaló el revestimiento de madera—. Aquí —me dijo—. Mire atentamente. ¿Lo ve?

Me acerqué y examiné la brillante madera de caoba.

—Hum. —Pasé la mano por encima del panelado—. Aquí hay una hendidura, o algo parecido —dije asombrada.

—Exacto. Pero no es una simple hendidura. —Lafôret empujó contra el borde superior y el panel se abrió. Detrás había un pequeño espacio hueco.

—¡Increíble! —exclamé—. Desde luego jamás se me habría ocurrido. ¡Un compartimento secreto! ¡Cómo imaginar algo así! —Dirigí a Lafôret una mirada de felicitación—. ¿Y la llave la encontró ahí?

—Así es. —Me miró con una sonrisa de satisfacción—. Es evidente que su tío tenía mucho interés en que nadie encontrara la llave rápidamente. Ya se lo dije: si la llave estaba en el barco, yo la encontraría.

Volvió a cerrar el escondite.

No salía de mi asombro.

—No está mal, monsieur Lafôret. Habría sido un detective formidable.

—No quisiera parecer presuntuoso, pero usted no es la primera persona que lo dice. —Esbozó una sonrisa. En ese momento no entendí el doble sentido de sus palabras—. Y, ahora, vamos, abra el armario, que quiero ver por fin esos lingotes de oro.

Hizo un ademán de complicidad con la cabeza y yo solté una risita nerviosa. Esa situación tenía algo completamente surrealista. Estábamos ante ese armario viejo como dos aventureros ante la cámara del tesoro de Tutankamón. ¿Qué podría haber escondido ahí el tío Albert?

—Bien, pues... —dije.

Cogí la llave y la metí en la cerradura. Se deslizó en la abertura como en un trozo de mantequilla.

—Entra bien —murmuré triunfante mientras notaba que el corazón me empezaba a latir más deprisa.

—Por supuesto que entra —me susurró Lafôret al oído—. ¡Vamos, abra de una vez! —Noté su aliento en la nuca y se me erizó la piel—. ¡Venga!

Nerviosa, hice girar dos veces la llave en la cerradura y la puerta del armario se abrió con un suave crujido.

Inclinamos la cabeza hacia delante, expectantes.

—¡Ah, qué mal! —dijo Lafôret.

—¿Qué pasa? —pregunté—. ¿De verdad creyó que aquí encontraríamos oro?

—No —respondió él—. Pero me habría gustado descubrir un tesoro con usted.

Por supuesto, en el armario de mi tío no había lingotes de oro. Pero lo que encontramos allí era mucho más valioso: era el secreto de su vida.

El interior del armario constaba de tres anaqueles. Y en cada uno de ellos descubrí objetos que encajaban entre sí como si fueran piezas de un rompecabezas.

Lo primero que me llamó la atención fue un pequeño frasco antiguo de perfume con un tapón de forma puntiaguda que recordaba el tejado de una casa. Lo cogí. Chamade. Una fragancia clásica de Guerlain que, por lo que sabía, todavía existía.

Sorprendida, abrí el frasco de cristal con la etiqueta dorada y lo olí. Me llegó un aroma fresco y floral. Percibí el olor a bergamota y jacinto, y un toque de jazmín y de rosa. Me quedé quieta un momento, cerré los ojos e inspiré profundamente. Percibí... lilas y, un poco más escondidos, noté vetiver y sándalo... Aquella fragancia me transportó a un prado de flores en verano, al suelo de un bosque y a madera recién cortada.

Súbitamente regresó a mi cabeza la imagen de aquel sueño. La pagoda de Chanteloup, el pícnic, la princesa de largos cabellos rubios plateados...

Abrí los ojos y noté la mirada intrigada de Lafôret sobre mí.

—¿Qué le pasa? Parecía que hubiera tenido una visión.

—Y así ha sido.

Emocionada, me volví otra vez hacia el armario y saqué del segundo anaquel una bolsita bordada con cuentas diminutas de coral, con cierre de bolas de color bronce que iba un poco duro. En el interior de la bolsita había un mechón de pelo rubio plateado y un rizo castaño oscuro, separados ambos en dos compartimentos forrados de seda.

¡Qué raro!

Con el corazón agitado, volví la atención hacia el anaquel inferior, donde había una caja de madera lacada en rojo. La saqué y la dejé en el suelo. Luego abrí con cuidado la tapa de la caja y retiré el papel de seda que cubría el contenido.

El suave crujido de papel mostró los objetos más preciados de mi tío.

Una tarjeta postal amarillenta del castillo de Sully: un recinto amurallado antiguo, con sus torres fortificadas y su puente de piedra al sol del atardecer. En el reverso, solo una frase: «*J'attendrai*». Esperaré.

Un medallón de plata con la fotografía descolorida de una joven de ojos brillantes y sonrisa encantadora.

Un CD de Françoise Hardy que parecía ser aún de los primeros discos compactos que existieron. Di la vuelta a la carátula, que mostraba a la cantante en su juventud, y eché un vistazo a las canciones, la mayoría de las cuales desconocía.

Leí: *Il n'y a pas d'amour heureux*, *Le temps de l'amour*, *Tous les garçons et les filles* y *Mon amie la rose*.

—¿Françoise Hardy? —comentó Lafôret, que se había acomodado junto a mí—. Déjeme ver un momento… —Me arrebató la funda del CD de la mano y contempló a la cantante, con su pelo castaño claro que le llegaba a los hombros, sonriéndonos tímidamente desde la carátula con una mirada melancólica—. ¡Madre mía! Yo también estuve prendado de ella. ¡Todo un icono! No sabía que Albert tuviera debilidad por Françoise Hardy. ¡Ah, esa canción la conoce todo el mundo, cómo no! —dijo y señaló la portada del CD—. *Tous les garçons et les filles de mon âge se promènent dans la rue deux par deux…* —Cantó los primeros versos de la canción—. En su día fue todo un éxito.

Asentí.

—Sí, yo también la conozco.

Lafôret se inclinó sobre mi hombro.

—¡Oh! Y aquí… *Le temps de l'amour*. ¿La conoce? También es muy bonita.

Entonces empezó a cantar los primeros compases.

C'est le temps de l'amour
Le temps des copains
Et de l'aventure
Quand le temps va et vient
On ne pense à rien
Malgré ses blessures
Car le temps de l'amour
C'est long et c'est court
Ça dure toujours
On s'en souvient

—¡Ye, ye! —concluyó en voz más baja.

Sonreí.

—¿El tiempo del amor y la aventura? ¿Cuando no se piensa en nada y uno cree que todo dura para siempre? ¿De qué conoce esta canción, monsieur Lafôret?

—*On s'en souvient* —repitió—. Son cosas que uno recuerda. —Miró pensativo el viejo CD por un momento—. Así es como son las cosas cuando uno es joven, ¿no? Te sientes el rey del mundo. Buscas aventuras, el infinito cielo azul en los ojos... Hay cosas que nunca cambian.

—*Oh là là!* Está usted hecho un poeta, monsieur Lafôret —comenté burlona—. ¿Acaso tiene un lado sentimental que no conozco?

—¡Oh, qué sabrá usted de mí! —Se encogió de hombros—. Usted solo ve lo que quiere ver, mademoiselle Beauregard.

—¿Acaso no lo hace todo el mundo? —Dejé la funda a un lado, y Lafôret la cogió.

—¿Ponemos el CD?

Se levantó sin esperar respuesta y se dirigió al aparador donde había un pequeño reproductor negro de CD. Puso el compacto y luego se sentó a la mesa, donde garabateó algo en una libretita y luego abrió su ordenador portátil.

Y mientras yo seguía en la caja las huellas del pasado del tío Albert, de fondo sonaban suavemente las melancólicas canciones de Françoise Hardy.

Sin embargo, mi tío no era el verdadero admirador de esta cantante. El CD, como las otras cosas que había guardado en el armario, debía de ser un regalo de una mujer. Lo supe cuando encontré un montoncito de cartas atadas con una cinta azul.

Deshice el lazo con cuidado y saqué vacilante la primera carta. Y luego la segunda y la tercera... Todas eran de una tal Laurence, y eran inequívocamente cartas de amor que aquella mujer le había escrito a mi tío.

Mi amor, apenas hace una hora que te has marchado y ya te echo tanto de menos que ...

Amor mío, ¿cómo es posible que nos hayamos encontrado cuando somos de mundos tan distintos? ¡Qué feliz coincidencia! ¡No acabo de comprenderla! Te mostraré encantada mi mundo si tú me enseñas el tuyo...

Albert, mi queridísimo Albert, igual que todo el mundo, yo también tengo un corazón incapaz de prometer, pero te juro que contigo emprendería cualquier aventura...

Conteniendo la respiración, como si estuviera haciendo algo prohibido, leí las hojas escritas con tinta de color azul pálido y al poco tiempo me sumergí por completo en otro mundo en el que aprendí muchas cosas sobre mi tío y otras me resultaron todo un enigma. Un mundo que estaba tan lejos de mí como la luna y en el que, para mi asombro, yo misma aparecía.

Amor, todavía estoy despierta y sigo soñando con los ojos abiertos. Nuestra excursión a Chanteloup, ese infinito y fabuloso día de verano, nuestros besos furtivos... Durante las próximas semanas viviré de todo esto hasta que podamos volver a estar juntos. ¿Cómo se encuentra tu sobrinita? ¿Ha vuelto a París de una pieza? Es una niña encantadora. Imagínate que algún día tuviésemos una pequeña como ella...

De manera involuntaria, contuve el aliento.
«¿Nuestra excursión a Chanteloup?», «¿Tu sobrinita?».

Entonces caí en la cuenta: ¡yo había estado presente en esa excursión! Ese día soleado, cuyas imágenes solo eran un recuerdo vago, había conocido, sin saberlo, al gran amor de mi tío.

Emocionada, cogí la siguiente carta. ¿Qué les había pasado? ¿Por qué no habían acabado juntos?

Seguí leyendo y pronto vi que ese amor tan prometedor se encaminaba hacia un final trágico.

Las cartas de Laurence eran cada vez más tristes y desesperadas. No sabía qué hacer, su madre la presionaba para que se casara con su prometido. ¿Dónde estaba Albert?

> ¿Por qué no escribes, amor mío? No sé nada de ti... ¿Acaso no has recibido mis cartas? Espero tu respuesta...

> ¿Qué debo hacer?... No puedo esperar más...

> Es demasiado tarde, Albert... ¿Cómo podría haberlo sabido... No te olvidaré nunca... Tuya y profundamente desdichada...

La última carta que encontré era una de despedida. En ella, Laurence le deseaba lo mejor a mi tío y le decía que le partía el corazón no poder volver a verlo. El escrito terminaba con unas palabras de la canción *Il n'y a pas d'amour heureux,* de Françoise Hardy... No hay ningún amor feliz...

Conmovida, volví a reunir las cartas y até el montoncito con la cinta azul. Algo en esa historia había salido terriblemente mal, pero ¿qué podía ser? La joven parecía inconsolable, y todo indicaba que el tío Albert también había lamentado la pérdida de su gran amor, que en algún momento se había vuelto tan inalcanzable para él como la constelación de Andrómeda que me había mostrado durante nuestro viaje por el río. Por alguna razón, él había llegado demasiado tarde, había dejado escapar el momento decisivo, y Laurence, profundamente desdichada, se había casado con otro.

Pero cuando ese verano yo estuve con él en el barco, cuando hicimos esas excursiones a los castillos del Loira y merendábamos a la sombra de los árboles junto a la pagoda de Chanteloup, el tío Albert había seguido mostrándose alegre y despreocupado. Sin embargo, había cometido un error. Había hecho esperar demasiado a Laurence. Y eso había tenido unas consecuencias trágicas.

Qué historia tan triste, pensé, y, extrañamente emocionada, sostuve en mis manos ese montoncito de cartas, que de pronto había adquirido el peso de la desgracia. Cuando lo devolví a su sitio, descubrí algo en el fondo de la caja que al principio tomé por otra carta.

No lo era.

Era una tarjeta rígida, de papel de tina amarillento y con un fino borde negro. Y en ella se podía leer, escrito en caligrafía inglesa, el nombre de la autora de todas aquellas cartas, la mujer que le había regalado a mi tío el medallón con su foto: Laurence de Béthune.

Atónita, me quedé mirando la sencilla esquela, que mostraba tres rosas marchitas. ¿Era posible que Laurence de Béthune hubiera fallecido antes que el tío Albert?

Eché un vistazo rápido a las fechas de nacimiento y defunción. No sabía gran cosa de esta joven que usaba Chamade, se reconocía en las canciones de Françoise Hardy, esperaba al tío Albert al final del día en el puente del castillo con foso y, además, había escrito las cartas de amor más hermosas que jamás había leído. Con todo, empecé a vislumbrar los vínculos cuando reparé en que la desdichada Laurence de Béthune había muerto en el castillo de Sully con solo veintinueve años.

Era más joven que yo.

Busqué en vano el nombre de mi tío entre los dolientes. Todo indicaba que no se habían visto desde que Laurence se casó. Entre la última carta que ella había escrito a Albert y la fecha de su muerte habían pasado casi dos años. En la esquela no se indicaba de qué había fallecido la princesa de Béthune. ¿Era posible morir por un corazón roto?

Me quedé mirando la esquela, apesadumbrada. Me sentía consternada por la muerte prematura de esa joven. ¿Cómo se habría sentido mi tío al saberlo? Saltaba a la vista que nunca había superado esa historia. Nunca se había perdonado ese error. En la carta de despedida que él me había escrito, me deseaba que fuera más afortunada que él en el amor. Y también había hablado de no dejar escapar el momento decisivo.

¿Acaso fue por eso por lo que luego se dio a la bebida, como siempre decían mis padres y Pauline? ¿Para olvidar su dolor?

Había intentado olvidar a esa mujer. Y, apenas unos años después, el tío Albert empezó a olvidarlo todo: a su familia, a nosotros e incluso a su gran amor, Laurence de Béthune. La enfermedad le había arrebatado todos sus recuerdos.

Meneé la cabeza, pensativa, y me llevé el dedo a los labios. Mi tío siempre me había caído bien: no sabía que luego había sido tan desdichado. La historia de los dos amantes del castillo de Sully me apenó mucho. Pero entonces, de pronto, recordé las palabras que me había dicho el tío Albert en mi última visita a Chablis.

«*Ah, c'est toi! Ma petite princesse de la Loire*. Princesita del Loira, ¿por fin me has encontrado?», había dicho. Entonces había creído que se refería a mí. Ahora, en cambio, sabía que ante él había visto a una persona completamente distinta. A una princesa de cabellera rubia y plateada a la que deseaba tanto volver a ver que en su testamento había dispuesto que sus cenizas fueran esparcidas en el castillo de Sully. Para poder estar con ella toda la eternidad.

—¿Malas noticias? —preguntó Lafôret en voz baja.

Bajé la esquela y levanté la vista, sorprendida. Me había olvidado de todo lo que me rodeaba, incluido Maxime Lafôret. ¿Cuánto tiempo había pasado? ¿Diez minutos? ¿Toda una vida?

Él estaba a mi lado, mirándome con curiosidad mientras Françoise Hardy seguía cantando en segundo plano. Solo entonces me di cuenta de que las lágrimas me recorrían las mejillas. Rápidamente me sequé los ojos, volví a meter la esquela en la caja de madera y cerré la tapa con actitud decidida.

—Oh, según cómo se mire —dije mientras procuraba regresar al presente—. Acabo de saber que yo nunca fui la *princesse de la Loire*, la mujer en honor a la cual mi tío dio nombre a este barco.

—Ah, ¿no? —Lafôret enarcó las cejas—. Pues yo habría apostado mi brazo derecho, mademoiselle Beauregard.

A fin de cuentas, usted lleva el nombre de una emperatriz… —Me guiñó un ojo y sacó un pañuelo de tela del bolsillo del pantalón—. No se preocupe, no está usado —añadió con una sonrisa cuando lo cogí con algo de vacilación.

15

Aquella tarde, mi inquilino y yo todavía pasamos juntos un rato en la cabina de la casa flotante y comimos una tortilla con jamón.

Lafôret había insistido.

—No permitiré que se marche hasta que haya comido algo —dijo—. En este momento, no parece estar del todo bien, mademoiselle Beauregard. De verdad, está un poco pálida. ¿Acaso está usted mareada por el barco? No quiero que encima se me desmaye aquí, porque entonces ¿qué iba a hacer yo con usted? —Sonrió—. Vamos, siéntese un momentito. Voy a batir un par de huevos en la sartén. Seguro que aún no ha comido nada.

Me llevó a sentarme en el banco y se puso a trastear en los fogones. Probablemente, la tortilla era el único plato que era capaz de cocinar, me dije mientras él batía los huevos. Al poco rato, se acercó a la mesa con una sartén. Desprendía un olor fabuloso a jamón; la tortilla estaba dorada y noté que me entraba el hambre.

—Comprendo su decepción —me dijo sentándose junto a mí con la mirada compungida—. Si me permite, ¡esta pequeña búsqueda del tesoro ha sido un completo fiasco! Empiezas a pensar en lo que habrá dentro del armario y luego... ¡Solo cuatro papeles viejos! La verdad, esperaba algo más.

Sirvió la tortilla en los platos.

—Bueno, para mí es algo más que cuatro papeles viejos —repliqué, ensimismada—. Esos objetos cuentan una historia. A pesar de que quedan aún algunas preguntas por contestar...

Cogí un trozo de tortilla con el tenedor y me lo quedé mirando, pensativa.

—Dígame..., ¿alguna vez mi tío le contó algo de su vida? Algo privado, quiero decir. ¿Alguna vez mencionó a una tal Laurence de Béthune?

Lafôret se quedó pensando un rato y luego negó con la cabeza.

—No, que yo recuerde... Hablábamos de las excursiones que se podían hacer en barco. Y también sobre pesca y sobre los vinos que él me recomendaba. Además, por supuesto, de los castillos del Loira: a su tío le apasionaban. Amboise, Sully, Chambord, Azay-le-Rideau... Realmente unas construcciones antiguas absolutamente maravillosas, es fácil entusiasmarse con ellos. Y yo..., bueno, he estado muchas veces por allí, por..., en fin, por mi trabajo en los jardines. —Sus ojos brillaron divertidos—. Así que podíamos hablar largo y tendido, ¿sabe usted? —Miró la caja de madera, que seguía en el suelo—. ¿Ella escribió todas esas cartas a su tío? Quiero decir, esa tal Laurence. La mujer del medallón...

—Sí —asentí—. Pero, al parecer, finalmente no acabaron juntos. Además, Laurence murió muy joven. La verdad, una tragedia.

Suspiré mientras seguía comiendo despacio.

—¡Qué mierda! —dijo Lafôret en tono prosaico—. ¿Qué querrá hacer ahora con estas cosas?

—No lo sé —respondí—. Creo que de momento las dejaré en el armario.

Tomé un sorbo del vino que Lafôret me había servido y me dije que, llegado el momento, arrojaría todos esos recuerdos al agua junto con las cenizas del tío Albert desde el puentecillo del castillo de Sully. Así estaría todo junto: las cartas de amor, la vieja postal, las cenizas, el perfume, el medallón de plata con la foto y la bolsita con los mechones de pelo. De este modo, la princesa del Loira ya no tendría que aguardar más en vano a su amado. Eso, al menos, era lo que yo esperaba.

—Está usted tan callada… ¿Qué le pasa por la mente? —Los ojos de Lafôret se posaron en mí con interés—. Olvídese de esos cachivaches del armario. Todo eso son cosas del pasado. No debería darle muchas vueltas a lo que ya ha ocurrido. En lugar de eso, mire hacia el futuro. Hacia su propia vida. Esa siempre es la mejor opción.

Suspiré.

—Sí, supongo que tiene razón. Solo una cosa más. Usted en su momento estuvo a menudo con mi tío. ¿Realmente tuvo la sensación de que era desdichado?

—¿Desdichado? —Lafôret se encogió de hombros y se quedó un momento pensando—. No sé si era infeliz. En todo caso, él nunca se lamentó —dijo—. Pero tampoco me parecía especialmente feliz. Quiero decir, su tío tenía el corazón en su sitio, era animoso, pero siempre me pareció un poco solitario. No era especialmente sociable. Cuando salíamos a tomar algo, jamás miraba a ninguna mujer. En eso era muy distinto a mí.

Sonrió.

—Sí, ya me lo imagino.

—¿Es posible que detecte cierto tono crítico?

—No, para nada, ¿qué le hace pensar eso?

—Bueno, mademoiselle Beauregard, usted siempre me encuentra defectos.

—No siempre. Debo decir que la tortilla le ha salido muy rica.

—¿Acaso ese es el comienzo de una hermosa amistad? —preguntó burlón.

—Mejor dejémoslo en la tortilla.

—Entendido. —Se levantó tranquilamente y se acercó al aparador de la cocina—. ¿Le apetece un poco más de esta maravillosa tortilla mía? —Trasteó un poco con la sartén y Filou, que había permanecido tumbado tranquilamente en su cesta todo el tiempo, levantó la cabeza y dejó oír un gemido suave.

—No, de verdad que no. He comido suficiente —respondí con una sonrisa—. No estoy acostumbrada a sus raciones. Pero puede que su perro sí quiera un poco más, ¿verdad, Filou?

Filou lanzó un ladrido de aprobación y meneó la cola con entusiasmo cuando Lafôret le puso en el cuenco un poco de tortilla. Me levanté y volví a meter la caja en el armario. Luego cerré la puerta.

—Creo que debería marcharme ya. —Saludé a Lafôret con un ademán de cabeza—. Muchas gracias por su ayuda.

—Tome. —Sacó el CD del reproductor y lo metió en la funda—. No lo olvide.

Se acercó a mí y me tendió el CD.

—¿Sabe? Me lo llevaré conmigo —dije—. De recuerdo.

Así podría volver a escuchar en casa tranquilamente las canciones de Françoise Hardy. Pobre Laurence. Metí el CD en el bolso y de pronto pensé en mi propia historia de amor, que no era especialmente feliz.

Il n'y a pas d'amour heureux. No hay amores felices. Sentí una punzada en el corazón y solté un suspiro sin querer. Lafôret se dio cuenta enseguida.

—¡Eh! ¿Qué le ocurre? ¿Qué le preocupa? No puede ser solo esa vieja historia, ¿verdad?

Lo miré y negué con la cabeza. Probablemente Maxime Lafôret era la persona menos indicada para dar consejo en cuestiones de amor.

—¿Es por los lingotes de oro? —Enarcó las cejas—. ¿Seguro que no es por los lingotes de oro? ¡Ja! —exclamó señalándome con el dedo índice—. Seguro que usted también esperaba algo más, ¿eh? Vamos, admítalo.

Me hizo un guiño.

No pude evitar sonreír.

—¿Es que no sabe ser serio?

—¿Por qué? —Me miró inquisitivamente—. ¿Acaso ayuda en algo? A ver, con la mano en el corazón, ¿en qué estaba pensando hace un momentito?

—¡Ah! —dije—. Ahora mismo estaba pensando... Bueno... —Pero ¿qué estaba haciendo? Ahora no iba a abrir mi corazón a ese Lafôret.

Me quedé mirando sus ojos oscuros, que tenía clavados en mí, expectantes.

—¿Y bien? —me animó.

—¿De verdad que todas las historias de amor acaban mal?

Maxime Lafôret se me quedó mirando, atónito.

—¡No! ¡En absoluto! ¿Quién dice un disparate así?

Probablemente, Maxime Lafôret no tenía ni idea de cómo era la vida de verdad. No trabajaba, era un irresponsable y además era incapaz de albergar sentimientos profundos. Sin embargo, de algún modo, esa tarde sus palabras me reconfortaron. Me acompañó a la cubierta y prometió cuidar bien del contenido del armario. Yo, por mi parte, prometí no volver a molestarle pronto por la casa flotante.

—Estupendo. Así pues, parece que, después de todo, el año acabará bien —dijo—. Pero no se preocupe, los viernes no me dejaré ver por aquí. La casa flotante será toda suya —declaró de forma generosa y se me quedó mirando con aire satisfecho mientras yo desembarcaba y me dirigía hacia el puente de la Concorde. Parecía visiblemente aliviado de volver a tener su pequeño reino para él solo.

Cuando más tarde volví a escuchar en casa el CD de Françoise Hardy, me di cuenta de que también había canciones que hablaban de la felicidad despreocupada en el amor. Me gustaba especialmente *Le temps de l'amour*. Esa canción tenía un tono optimista y despreocupado que últimamente yo había perdido un poco.

Permanecí todavía un rato sentada ante mi escritorio, intentando volver a meterme en la traducción. Pero los pensamientos sobre el tío Albert y la princesa del Loira y su muerte prematura eclipsaban todos los intentos de investigación del inspector regordete, que a esas alturas ya se había topado con su tercer cadáver y seguía sin saber quién era el asesino.

Finalmente, apagué el ordenador.

Me levanté, di un par de vueltas por el piso, me preparé un sándwich, me acerqué a la ventana y luego fui al recibidor, donde, sobre la cómoda, seguía la urna.

Aquella excursión al pasado me había turbado más de lo que yo creía, y seguía cautivada por los trágicos acontecimientos que habían salido a la luz de manera inesperada a la vez que me recriminaba por no haber ido a ver a mi tío años atrás, cuando él aún podría haberme hablado de Laurence de Béthune.

Pero, me dije, tal vez él nunca me hubiera dicho nada de ella. Ni siquiera cuando su salud aún le permitía recordar.

Esta historia era su secreto, y hay secretos que es mejor llevarse a la tumba. «No preguntes por qué», me había escrito en su carta de despedida. «No preguntes por qué».

Tal vez tenía razón. Una historia triste no cambiaría por el hecho de contarla. Y no todas las heridas que la vida infligía se curaban con el tiempo. De todos modos, al tío Albert le había consolado pensar que sus cenizas serían esparcidas donde su amada había fallecido. Esa era su última voluntad y me la había encargado a mí, quizá porque confiaba en que lo haría, pero tal vez también porque yo era la única persona de la familia que había conocido a su amor.

Posé la mano en la urna.

—Tranquilo, tío Albert —dije con un arranque de solemnidad—. No te olvido. Pronto iremos hasta el castillo de Sully. Te lo prometo.

Sin duda, de haber sabido lo pronto que cumpliría mi promesa, me habría asombrado muchísimo. Tampoco sabía entonces que mi espontánea decisión de poner rumbo a Sully-sur-Loire se vería alentada al darme cuenta súbitamente de que no hay que dejar escapar el momento decisivo.

Me fui pronto a la cama esa noche. Bastó un último vistazo a mi teléfono para ver que no tenía ningún mensaje nuevo.

Cédric no me había escrito nada, y Luc tampoco. Y faltaba exactamente una semana para Navidad.

Pasé una noche inquieta, con sueños muy confusos. Aún dormía cuando sonó el teléfono. Desconcertada, me incorporé y miré el reloj. ¡Las siete y media! ¿Quién llamaba a las siete y media en fin de semana? Me cubrí la cabeza con la almohada, pero el teléfono siguió sonando con insistencia y, al final, palpé en la mesita auxiliar marroquí que tenía junto a la cama, entre los libros y la taza de té, hasta que di con el móvil.

—¿Quién llama a estas horas? —pregunté dejándome caer de nuevo en la almohada con un gemido—. Estoy durmiendo.

—¡Soy yo, *darling*!

—¿Cédric? ¿Qué pasa? —Gemí—. He dormido fatal.

—Pues yo no he dormido —repuso Cédric, aunque su voz sonaba sorprendentemente despierta.

—¿Sí...? —Intenté ordenar mis pensamientos.

—Augustin vino por aquí.

—Es verdad. —Poco a poco empecé a recordar—. Quería hablar contigo. —Deseé que no hubiera habido más dramas—. ¿Y bien? ¿Qué te ha dicho?

—Que se ha acabado.

A Cédric la voz le tembló un poco.

—¿Cómo dices? —Me desperté de golpe—. ¡Oh, Dios mío!

¡Pobre Cédric!

—Si. Vino aquí muy compungido y, cuando le pregunté si iba a recoger sus cosas, de pronto se echó a llorar y me suplicó que lo perdonara.

Cédric se interrumpió un instante.

—¿Estás diciendo que la historia del adonis ha terminado?

—*Darling*, es lo que llevo todo el rato diciéndote. ¿Es que no me escuchas? Augustin estaba completamente confuso. No paraba de decir que había cometido un gran error y que solo me quería a mí, que ahora lo sabía. Y también dijo que ese tipo era una persona completamente superficial, que lo había deslumbrado y no entendía cómo había sido capaz de dejarse llevar. Desde hace unos días, Augustin se siente fuera de lugar. Y me ha preguntado si querría aceptarlo de nuevo.

Volvió a hacer una pausa.

—Entonces —pregunté conteniendo el aliento— ¿le has perdonado?

Cédric permaneció en silencio.

—¿Cédric? ¿Estás ahí? Déjate de tanto misterio, que me va a dar un ataque al corazón.

Su voz parecía ahogada por el llanto.

—Pues claro que lo he perdonado. Yo le quiero.

Cédric lloraba de alivio, y yo casi estuve a punto de echarme a llorar con él.

—Oh, Cédric —dije por fin—. Realmente esto es maravilloso. Me alegro tanto por vosotros. Espero que Augustin sepa apreciar que no le guardes rencor.

—Desde luego —dijo Cédric—. Me ha dicho que no se puede dar por descontado, y que lo habría entendido si yo le hubiera echado. Pero, ya sabes: «*Love means never having to say you're sorry*». Amar significa no tener que decir nunca que lo sientes.

—¡Qué frase tan tonta! —me burlé.

—Sí, tienes razón, es bastante *old school.* —Cédric se rio, no cabía en sí de felicidad—. Y lo mejor es que ahora podremos ir juntos a casa de la hermana de Augustin en Navidad, tal como habíamos planeado. Una Navidad en familia. Lo adoro.

Sonreí. Béatrice, la hermana de Augustin, vivía en los Vosgos, que era de donde él procedía. Debía de ser una persona encantadora y tenía una niña pequeña, Coralie, la ahijada de Augustin. Cédric, igual que su pareja, estaba completamente loco por la niña, que lo llamaba tío Cédric con toda naturalidad. Ambos llevaban años pasando juntos las vacaciones de Navidad allí y luego se iban a esquiar.

—Ahora ya vuelvo a tener ganas de que llegue la Navidad —dijo Cédric con alegría. Entonces noté que el corazón se me encogía. ¿Cómo iba a ser la mía?—. Oh, pero ahora nuestro baile de los corazones solitarios ya no se celebrará —añadió Cédric—. Aunque puede que tú también tengas una sorpresa agradable.

—Seguro que sí. En todo caso, tú serás el primero a quien llame. Aunque sea en mitad de la noche. La venganza es dulce —bromeé en un intento por apartar de mí los pensamientos oscuros.

—Vale —dijo Cédric.

—¿Y ahora dónde está Augustin?

—Preparando el desayuno.

—Por una vez, deja que te mime.

—Ya lo hago. Y… ¿Joséphine?

—¿Sí?

—Gracias por los ánimos.

—Lo he hecho encantada —contesté—. Siempre supe que Augustin volvería contigo. Eres un amor.

—Si tú lo dices. —Nos echamos a reír y oí un ruido al otro lado de la línea—. Ah, ¡aquí viene Augustin! Mmm… Eso tiene una pinta increíble. ¿Son huevos poché? *Darling*, tengo que colgar. ¿Nos vemos mañana?

Le agradecí mucho su ofrecimiento.

—No, Cédric. Tengo mucho que hacer por aquí. Disfrutad primero de vuestra reconciliación. ¡Y saluda a Augustin de mi parte! Dile que yo también le perdono.

—Lo haré. Pero, de todos modos, tenemos que vernos antes de que nos vayamos. Y, si hay alguna novedad, llámame.

—Por supuesto —respondí, y luego colgué.

Me preparé un café con leche y volví a la cama. Intenté leer, pero era incapaz de concentrarme. No dejaba de mirar hacia el armario donde tenía colgado mi vestido de terciopelo azul.

Me pregunté si alguna vez volvería a saber algo de Luc.

El sábado pasó, el domingo transcurrió lentamente y, de algún modo, el lunes también finalizó. El martes, tenía ya la moral por los suelos. Agarré la corbata de lunares y la metí en el fondo del cajón.

Y entonces, el miércoles, dos días antes de Navidad, Luc finalmente llamó.

16

A veces, cuando durante demasiado tiempo y con mucha inquietud se ha esperado que ocurra algo grande y finalmente tiene lugar, es posible que, de pronto, uno se vea invadido por una sensación de agotamiento. Tal vez se trata de una reacción física, una especie de autodefensa. Como si de repente el cuerpo quisiera retrasar de forma artificial algo que le exige un esfuerzo.

Cuando esa mañana de miércoles vi en la pantalla del móvil el nombre de Luc —¡ese nombre tan anhelado, que había esperado durante tantas horas!—, al principio no sentí nada, excepto un gran aturdimiento. Me senté en el sillón de mimbre y respondí la llamada.

—Hola, Luc—dije.

—Hola, pequeña —repuso.

Entonces, durante un rato, ninguno de los dos dijimos nada y, durante ese silencio, al parecer mi corazón recordó que existía aún. De pronto, me volvió a latir la sangre en las venas; estaba completamente despierta y notaba mis latidos.

—¿Estás ahí? —preguntó Luc.

—Sí. —Tenía la boca seca—. ¿Qué hay? —dije, como si se tratara de una llamada de lo más normal.

—Quería saber cómo te iba.

—Bien —respondí—. ¿Y a ti?

—No mucho. —Parecía encontrarse en un estado lamentable.

—¿Y eso?

A esas alturas, el corazón me latía desbocado. «Hablé con Agnès —pensé—. ¡Vamos, idiota, suéltalo!».

—Hablé con Agnès —dijo Luc.

—¡¿Qué?! —Me apreté el auricular a la oreja y escuché conteniendo el aliento—. Bien... ¿Y? —pregunté por fin al ver que él se había quedado completamente callado.

—Fue horroroso.

—¡Oh, vaya!

Asentí. Me lo imaginaba. Nadie había pensado que, cuando él le hablara de mí, Agnès le desearía buena suerte con una sonrisa.

—Se llevó a los niños a casa de sus padres y hablamos día y noche —continuó con la voz entrecortada—. Pero, al final, me perdonó.

—¿Que te... perdonó? —farfullé, confusa—. ¿Qué quieres decir con que te perdonó? —No entendía nada. ¿Qué le había perdonado Agnès? ¿Que hubiera tenido una amante secreta durante tres años? ¿Que la dejara?

—Bueno, ya sabes... —dijo Luc, abatido—. Todo salió de un modo muy distinto al que pensaba, *ma petite*...

—¿De qué estás hablando, Luc? ¿Qué demonios ha pasado? —¿Acaso un autobús había atropellado a su esposa? ¿O tal vez ella tenía un amante?

—Bueno —dijo él con tono vacilante—. Agnès encontró el recibo del Hôtel du Nord, el de la botella de champán.

Se aclaró la garganta, avergonzado, y recordé aquella desafortunada velada en que él había querido regalarme un viaje a Niza.

—Y eso no habría tenido mayor importancia —continuó— de no ser porque le había dicho que esa noche iría al Café Marly para encontrarme con un viejo amigo que solo estaría en París ese día. ¿Te acuerdas? Era sábado, y tuve que inventar algo para salir de casa. En fin, al cabo de unos días, ella te vio hablando conmigo en el Bon Marché y eso, de algún modo, despertó sus recelos e hizo algunas averiguaciones...

—Ya veo —dije—. ¿Y luego?

No se podía subestimar a esa agradable mujer de la gorra azul claro.

—Oh, pequeña —contestó Luc suspirando—, lo ha descubierto todo. Ha hablado con los camareros del Hôtel du Nord, con la gente de recepción..., y se acordaban muy bien de nosotros. Y entonces encontró un mensaje de voz tuyo en el contestador que yo había olvidado borrar. «¿Quién es esa Joséphine, *chéri*?», me preguntó. «¿Y cuánto tiempo lleváis juntos?». Y entonces me pidió explicaciones, y al final tuve que admitirlo todo. Te aseguro que esas fueron las peores horas de mi vida.

—¡Oh, vaya! —dije—. ¡Cuánto lo siento! —Así las cosas, no era raro que no hubiera sabido nada de él—. Bueno —añadí—, ¿sabes, Luc? Tal vez no salió perfecto, pero al menos ya ha terminado.

Me desplomé en el sillón de mimbre, incapaz de creérmelo. Luc había roto con Agnès. O, tal vez, Agnès había roto con Luc. Pero en el fondo era lo mismo. Curiosamente, sin embargo, la gran alegría no quería asomar todavía. Cabía la posibilidad de que la noticia no hubiera llegado aún a todas las fibras de mi cuerpo.

—Sí —repuso Luc, decaído—. A la larga, no habría salido bien. Tanto secretismo, tanto esconderse. No podía seguir más lejos.

—Así pues, ¿vendrás conmigo por Navidad? —pregunté con cautela.

—Escucha, Joséphine —dijo él entonces con un tono de voz que no me gustó en absoluto—. Hay algo que quiero decirte, y por eso te he llamado. Tú..., bueno, tú sabes lo que siento por ti. Pero en el momento en que Agnès se enteró de todo, cuando se me puso delante y me dijo que me marchara de inmediato, que hiciera las maletas y que si todos los años pasados con ella no significaban nada para mí, ni nuestros hijos, ni lo que habíamos construido juntos, entonces tuve un susto mayúsculo. Fue como si de repente me hubiera despertado, ¿entiendes?

No, no entendía nada.

—Y me di cuenta de que mi vida en realidad les pertenece a Agnès y a los niños...

—¿Y nosotros? —pregunté aturdida—. ¿Eso no fue real?

—Ah, Joséphine —respondió Luc—. Lo nuestro fue... como un sueño maravilloso. Pero no es posible vivir continuamente en un sueño.

—No, pero sí es posible hacer un sueño realidad —repuse—. Cuando uno lo quiere de verdad.

Él suspiró.

—Mira, pequeña, visto de un modo realista, soy demasiado mayor para ti...

—Eso antes nunca te molestó.

—Lo sé, lo sé. Pero tú te mereces un hombre distinto a mí. Alguien que, como me dijiste el otro día en el hotel con tanta franqueza, pueda ir contigo por la vida cogiéndote de la mano. —Se rio tímidamente—. Y mi mano pertenece a Agnès. Siento haberme dado cuenta tan tarde. Ella me ha perdonado y espero que tú también lo hagas.

Tragué saliva.

—Entonces ya te has decidido.

—Sí, supongo que sí —respondió en voz baja—. No nos volveremos a ver, pequeña, aunque me rompe el corazón tener que decirlo. Agnès me ha dejado muy claro que, si tú y yo volvíamos a vernos, sería el final.

—En estas circunstancias, yo tampoco querría volver a verte —contesté con tono rotundo—. Ya te lo dije.

Aguanté muy bien el tipo.

—Lo sé —repuso Luc—. Te echaré de menos, *mon amour*. Gracias por tu comprensión. Y, a pesar de todo, feliz Navidad.

—Igualmente —dije con tono apagado.

Cuando la comunicación se cortó, se oyó un breve chasquido. Luc había colgado. Bajé el teléfono y me pareció que también se producía un chasquido en mi interior. Justo donde tenía el corazón.

Dejé el teléfono sobre la mesita redonda que tenía junto al sillón y me quedé un rato mirando por la ventana. Aunque lo había sospechado todo el tiempo, aunque, de hecho, siempre lo había sabido, me sentía muy afligida. Era posible que yo también me acabara de despertar de un sueño. Me había caído de mi pequeño castillo en las nubes y, sin embargo, el golpe aún me dolía.

Me quedé mirando mi vestido azul, que colgaba en el armario. Pasado mañana sería Navidad. ¡A buenas horas!, me dije.

Por desgracia, no podía permanecer sentada en mi sillón de mimbre para el resto de mis días. De modo que llegó un momento en que me puse de pie. Era hora de almorzar, y me sentí un poco débil. Pelé un plátano y luego me tomé un yogur. A continuación, saqué la corbata de Luc del cajón y la tiré a la basura. Lavé los platos que estaban en el fregadero. Me vestí y me peiné. Extendí la colcha de colores, la alisé con gesto mecánico y coloqué bien los cojines. Al final, cogí el teléfono, que seguía sobre la mesa de mármol, y me quedé un rato mirando el contacto de Luc antes de borrarlo.

Inspiré profundamente y marqué el número de Cédric.

—Prometí llamarte si había noticias —dije.

En la plaza delante de la iglesia de Saint-Sulpice había un pequeño mercado navideño con carpas blancas en el que se agolpaba la gente vestida con abrigos gruesos y chaquetas. Reían y charlaban, se detenían y luego seguían adelante cuando descubrían algo aún más bonito. En el aire reinaba un ambiente alegre y prenavideño, siempre que me olvidara de mi propio estado de ánimo. Hacía frío, y mucho. No como en Helsinki, pero entonces tuve la impresión de que aquel invierno nunca acabaría. Me calé más el gorro y me alegré de haber pensado en ponerme los guantes. Con el ceño fruncido, me abrí paso por los estrechos pasillos que había entre los puestos, donde la gente se agolpaba comprando muñequitos de Navidad, estrellas de colores, figuras de madera, joyas, prendas de punto y tarjetas nostálgicas decoradas con purpurina de plata. Las luces de colores de las carpas estaban encendidas y todo estaba iluminado. El Café de la Mairie, hacia el que me dirigía con paso decidido, también resplandecía con el brillo navideño. Se encontraba ante la nave lateral de la iglesia de Saint-Sulpice, que se alzaba luminosa e inexpugnable como un castillo en la plaza. Cédric, mi fiel caballero, me esperaba a la entrada del café.

Había salido a dar otro de sus paseos para su columna, esta vez en torno a la iglesia de Saint-Sulpice, y me había pedido si podía ir ahí. Aliviada, corrí hacia él y me arrojé en sus brazos.

—*Shit happens, darling!* ¡Son cosas que pasan! —me dijo cuando, al poco rato, nos sentamos en el cálido invernadero acristalado de la cafetería, cada uno con una taza de chocolate caliente delante—. No te lo tomes tan a pecho. Ahora vuelves a ser una mujer libre.

—Siempre fui libre —repliqué—. Más de lo que me hubiera gustado —añadí con amargura, mientras pensaba que «libertad» era otra forma de decir que uno no tenía nada que perder—. Tres años de mi vida desperdiciados con este hombre, y ahora vuelvo a estar sola. —Me di cuenta de que los ojos se me anegaban en lágrimas—. Por una vez, me hubiera gustado estar con alguien en Navidad.

—Pero no estás sola —replicó Cédric—. Si quieres, puedes venir con nosotros a los Vosgos. Ya he hablado con Augustin, la casa de su hermana es lo bastante grande.

Y luego vienes a esquiar también. ¿No te suena divertido? Además, esquiando siempre se acaba por conocer a gente estupenda.

Hizo una mueca de aprobación.

—Pero yo no quiero conocer a gente estupenda —respondí abatida—. Y tampoco sé esquiar.

—Pues entonces aprendes, *darling*. Vamos, sé un poco abierta de mente. Lo más estúpido que puedes hacer ahora es retirarte. —Hizo una seña al camarero—. ¡Dos tazas más de chocolate caliente, por favor! —Me dirigió una mirada de ánimo—. Vamos, Joséphine, ven con nosotros. Nos encantaría.

Negué con la cabeza.

—Es todo un detalle de vuestra parte, pero no. Tengo que estar con mi familia... —Hice una mueca llorosa—. Es solo que me habría gustado tanto..., me habría gustado... ¡Oh, mierda!

Me tapé la boca con la mano e intenté no echarme a llorar.

Cédric me acarició el hombro para tranquilizarme.

—Todo irá bien —me aseguró—. Conocerás a otro hombre. Uno que será mucho mejor que ese estúpido de Luc. Eso es lo que dice mi pequeña bola de cristal. Para el próximo año te encontraremos un nuevo hombre. ¡A rey muerto, rey puesto! Bueno, ¿no te parece un buen plan?

Me sonrió intentando consolarme.

Yo también traté de sonreír y le dirigí una mirada vacía.

—Oh, Cédric —dije—. Eres siempre tan amable. Pero ¿sabes...?

No lograba describirlo con palabras. A través del invernadero acristalado, me quedé mirando a la iglesia, que destacaba brillante en el cielo oscuro, a las luces de la calle, a la gente que iba caminando codo con codo y, de repente, tuve la sensación de no pertenecer, en realidad, a ningún sitio. Ni a la rue de Bourgogne, donde seguramente mamá ya estaba preparando la Navidad perfecta, ni tampoco ya junto a Luc.

—En dos días será Navidad, me siento muy dolida y no sé cómo seguir —dije por fin, sintiéndome muy desdichada.

—Pero todo seguirá, *darling* —repuso Cédric apretándome la mano—. Todo sigue y sigue adelante. Ya sabes que no hay nada tan fuerte como el corazón humano, que se rompe una y otra vez y aun así sobrevive.

—Sí, Cédric, lo sé —respondí.

Yo también conocía aquel hermoso poema de Rupi Kaur.

17

El aire olía a nieve cuando la tarde del 24 de diciembre me dirigí a casa de mis padres. No tenía grandes expectativas. Ahí estaría yo, sentada con mi nuevo vestido de terciopelo, y todo sería tan espantoso como el año pasado.

Y eso sin contar con que probablemente también pillaría un resfriado. De nuevo, mi calefacción se había estropeado.

Por la mañana, antes del almuerzo, Cédric y Augustin vinieron por sorpresa a despedirse. Al contrario que yo, ellos estaban muy ilusionados con la llegada de los días navideños. Cédric dejó en el suelo su elegante transportín para gatos de Louis Vuitton, donde llevaba a Nana, su querida mascota, que por supuesto los acompañaría a las montañas, y se frotó los brazos, temblando.

—*Mon Dieu*, ¿por qué hace tanto frío en tu casa? —preguntó mi amigo—. ¿Tan mal vas de dinero que ya no pones en marcha la calefacción? ¿O tal vez estás ahorrando donde no deberías? —Se quedó mirando un segundo mi grueso jersey de punto y mis zapatillas de piel—. ¡Enciende la estufa, señorita Scrooge!

Me acerqué al radiador y lo toqué. El termostato estaba al máximo, pero el radiador estaba helado.

—¡Oh, no! —exclamé—. ¡Ya se ha vuelto a estropear esta maldita calefacción! —Recordé la estufa rota que tenía en el armario y levanté las manos con un ademán de desesperación—. Y seguro que hoy no vendrá ni un solo técnico. —Suspiré—. ¿Sabéis qué? Acabaré dándome por vencida. Es como si el universo hubiera conspirado contra mí. A lo mejor me dejo morir de frío.

—¡No digas tonterías! —exclamó Cédric—. Mejor prepáranos un poco de café. De todas formas, tú luego irás a casa de tus padres y allí estarás calentita y arropada.

—Sí, sobre todo arropada —respondí con una sonrisa irónica—. Sin duda, el factor de confort será muy elevado cuando todos, de nuevo, vuelvan a someterme a un interrogatorio. Y Camille quiera saber por qué su tía aún no tiene marido.

Con una cuchara, eché el café molido en la cafetera exprés plateada y, mientras esta burbujeaba y silbaba en la cocina de gas, desprendiendo por lo menos algo de calor, me dije que tal vez era mejor no morir congelada y aprovecharme de la hospitalidad de mamá. A fin de cuentas, ella daba por hecho que yo, como el resto de la familia, me quedaría los días de Navidad en la rue de Bourgogne. «¿Para qué, si no, tenemos un piso tan grande?», solía decir, y todos, excepto yo, claro está, consideraban el colmo del confort pasar las fiestas todos juntos, compartiendo unidos todas las comidas, del desayuno a la cena.

Saqué dos tazas de café expreso de la estantería y las coloqué en la mesa delante de Cédric y Augustin.

—Aquí tenéis —dije tras servirles—, contra el frío.

Cédric tomó un sorbo y se estremeció.

—Vaya, qué fuerte está. ¿Qué mezcla es esa? Con esto, podrías matar al hombre más forzudo —dijo. Acto seguido, sacó un paquetito—. Toma, para ti. ¡Feliz Navidad, Joséphine!

Era un perfume caro, Quelques Fleurs, y Cédric insistió en que lo probara de inmediato. Así que me eché un poco del contenido del precioso frasco detrás de las orejas y en las muñecas.

—¡Aaah, lo sabía! —exclamó Cédric, encantado—. Ese aroma en ti resulta simplemente irresistible, *darling*. ¿A ti qué te parece, Augustin?

—Sí, es magnífico —dijo Augustin oliéndome la muñeca—. Huele a..., a primavera en invierno.

«A primavera en invierno», me dije cuando, un poco aterida, crucé la rue de Varenne y me encaminé hacia la rue de Bourgogne. Los tacones de mis zapatos de hebilla resonaban en las calles desiertas y el frío se colaba por las finas suelas. El invierno había llegado de verdad a París y la primavera aún quedaba lejos. Una ráfaga de viento gélido me salió al encuentro cuando doblé la esquina, levantándome los bajos del abrigo que apenas me cubría las rodillas.

Después de que Cédric y Augustin se marchasen, acabé de envolver los últimos regalos y, en un arrebato de audacia heroica que no solo desafiaba el frío, me arreglé especialmente bien para Nochebuena.

Tras dudar un instante, me puse el vestido caro de terciopelo con perlas, busqué en la cómoda un par de medias y me recogí el pelo; poco después me caía en suaves rizos en torno a la cara. A mamá le encantaría que por una vez fuera bien peinada. Un pasador ancho de *strass* refulgía en mi nuca y me apartaba el pelo de la frente. Llevaba además rímel en las pestañas y carmín en los labios. Por lo menos, esa noche no habría nada que reprochar a mi aspecto.

Me apresuré por la rue de Bourgogne repiqueteando con los tacones y asiendo con fuerza la bolsa con mis regalos. Me prohibí pensar en Luc. Sin duda, las cosas no podían ir más que a mejor, pero no esa noche.

Mientras me acercaba a casa de mis padres, pensé con pesar que me habría encantado volver a esperar con ilusión la Navidad, como cuando era niña. Pero desde entonces habían pasado muchas cosas. Las expectativas se habían convertido en decepciones, la esperanza se había desvanecido y, apenas dos días antes, mis propios sueños irreales se habían roto.

Debo admitir que aquel 24 de diciembre no me sentía precisamente animada y que la perspectiva de volver a aparecer en la fiesta de Navidad como «la pobre Joséphine» era un horror para mí. Ya tenía una idea bastante clara de cómo transcurriría la velada.

Como cada año, toda la familia se reuniría en torno a la larga mesa ovalada del comedor y con grandes ¡ahs! y ¡ohs! admiraríamos la vajilla navideña con bayas rojas y hojas verdes, que solo se usaba una vez al año, el árbol de Navidad decorado con velas de verdad, que se erguía ricamente decorado en el balcón acristalado, y los paquetes coloridos que habría debajo. Todos alabarían la cena fantástica que mamá de nuevo habría preparado y también el vino Châteauneuf-du-Pape que papá habría sacado de la bodega para celebrar el día y que ya estaría en la mesa, descorchado; y mi padre aprovecharía para contar una vez más la anécdota de cuando, en primavera, tras ir en coche a Aviñón con mamá y nosotras, las niñas, había tenido que enviar por tren todas las maletas para que en el maletero cupieran las cajas de vino tinto que, en un arrebato de entusiasmo, había comprado en la bodega del pueblecito de Châteauneuf-du-Pape, en el departamento de Vaucluse.

Después del champán de bienvenida y de la terrina de ciervo con cebolla confitada, que solía servirse como aperitivo, la conversación se animaría de verdad. Tras comentar las noticias de mis hermanas y la gran vida que llevaban, después de que los pequeños no parasen quietos correteando en torno a la mesa y Camille no dejara de preguntar cuándo podrían desenvolver por fin sus regalos, después de que papá hiciera un emotivo brindis por su maravillosa esposa Isabelle y mamá le estrechara la mano con una sonrisa de satisfacción, a falta de otros temas, el interés de todos los comensales se centraría en la persona necesitada de la familia, esto es, yo.

Y por desgracia, como siempre, yo no tenía ninguna noticia realmente positiva que anunciar. Tampoco este año se había producido el milagro de la Navidad.

Al cabo de unos minutos, me detuve ante el imponente edificio de varias plantas. Llamé al timbre y luego introduje el código numérico. La puerta de la entrada se abrió. Mientras me deslizaba por el vestíbulo y subía con paso vacilante la escalera hasta el segundo piso, mi único deseo era sobrevivir a aquella velada. Al llegar arriba, la puerta se abrió y la luz, acompañada de risas alegres, se derramó por el rellano de la escalera. Me recibió el olor a pavo y castañas.

«Es la hora del espectáculo», me dije, y me esforcé en esbozar una sonrisa mientras saludaba a Camille, que saltaba emocionada hacia mí con un vestidito rosa.

—¡Ya ha llegado! ¡Ya ha llegado! —cacareó—. Joséphine ya está aquí.

De pronto, de alguna manera deseé que aquella fuera una bonita Navidad.

Pero no fue más que un brindis al sol. La velada acabó en desastre y, sin duda, en gran parte fue culpa mía y de mi susceptibilidad.

Todo empezó bien. Mis hermanas y sus maridos ya estaban allí y, tras el ajetreo de los saludos, con muchos besos en las mejillas y múltiples «*Ça va?*», nos reunimos todos en el salón, frente al piano de cola negro abierto —donde la pequeña Camille tocaría luego con su madre algunos villancicos—, y tomamos nuestra copa de champán.

Me bebí de buena gana dos copas, una detrás de otra, y, después de que toda la familia me felicitara por mi vestido, me sentí mucho mejor.

Incluso mamá acarició con admiración el terciopelo con las perlitas del cuello.

—¡Qué bonito! —dijo y por fin pareció satisfecha—. Este vestido te queda muy bien. ¿Dónde lo has comprado? Deberías ponerte cosas así más a menudo, Joséphine.

—Bueno, no siempre es Navidad, mamá —respondí—. Además, normalmente no me puedo permitir un ropa tan cara.

—Sí, qué pena. Una lástima, la verdad —dijo mamá. Entonces intuí que aquel podría ser el preludio de un discurso más largo.

Papá también lo notó e intervino.

—¡Esta noche estás especialmente espléndida, Joséphine! —exclamó rodeándome con el brazo—. Pero, ahora, vamos a comer. *À table, la famille!* Llevo todo el día con muchas ganas de comer el pavo. —Me acompañó al comedor—. ¿Y ese perfume tan bueno que llevas?

—Es Quelques Fleurs, de Houbigant. —Sonreí orgullosa—. Me lo han regalado para Navidad.

—¡Oh! —Mamá, que caminaba a nuestro lado, se volvió un instante hacia Pauline con una sonrisa de complicidad—. ¡De Houbigant! —dijo con aprobación—. ¿Y quién te ha regalado un perfume tan caro?

—Me lo ha regalado un amigo —respondí, mientras veía por el rabillo del ojo que Pauline le daba un codazo en el costado a Eugénie.

—¡Ah, un amigo! —repitió mamá de forma elocuente—. ¿Y no nos vas a contar nada más de ese joven tan atento? Parece que tiene muy buen gusto.

—Solo es un amigo, mamá —respondí, algo molesta. Posiblemente, si papá no nos hubiera obligado a sentarnos a la mesa, la situación se podría haber descontrolado en ese momento.

Me senté entre él y Pauline, y comí en silencio mi terrina de ciervo mientras los demás comentaban sus planes de vacaciones. Eugénie, que, según comentó con una sonrisa, necesitaba una pequeña pausa de su exigente trabajo como cirujana y científica, quería ir en febrero a las islas Mauricio con Guy y los dos niños.

—Allí hay cascadas y estrellas de mar rojas —exclamó Camille, como si nada—. ¡Son así de grandes!

Al mostrar con los brazos el tamaño de una gigantesca estrella de mar imaginaria, volcó un vaso. Fue una suerte que fuera un vaso de agua.

—La mantelería buena —gimió mamá—. Oh, no importa. —A esa adorable niñita se le disculpaban muchas cosas.

—La pequeña es siempre tan movida —explicó mi hermana mayor con una sonrisa—. Tiene tu carácter, Guy. Menos mal que César es un niño muy tranquilo. —El pequeño César estaba sentado en su trona, muy pensativo, probando suerte con la terrina de ciervo, en la que no paraba de meter su cuchara pequeña de plata.

Pauline no tenía grandes planes de viaje.

—Iremos a la Costa Azul a finales de mayo, tranquilamente en coche, ¿verdad, *chéri*? Entonces no hace tanto calor.

Su marido asintió.

—Sí, un poco de Niza y Antibes, tal vez, y luego alquilaremos una pequeña casa de vacaciones cerca de Saint-Tropez, prácticamente en medio de la naturaleza, por así decirlo. Pero desde allí se llega enseguida a la playa de Pampelonne.

Bajé la cabeza y pensé con amargura en la floración de las mimosas de Niza, que iba a tener lugar sin mí. Estuve a punto de decir: «¿Por qué no vais a Niza en febrero para ver cómo florecen las mimosas? Os recomiendo un hotel de Relais & Châteaux muy bueno». Pero, por supuesto, no dije nada. No estaba de humor. Me tomé una copa de vino y deseé que simplemente se olvidaran de mí. Y, en efecto, durante un rato todo fue bien. Sobre todo porque, acto seguido, después del discurso navideño de rigor de papá y el homenaje a su maravillosa esposa, hubo una sorpresa que, por el momento, lo eclipsó todo. O, mejor dicho, lo iluminó.

Antes aún del plato principal, Pauline soltó la bomba.

—Queridos míos —dijo de pronto, alzando su copa—. Existe otro motivo para brindar. —Tenía las mejillas sonrosadas y los ojos le brillaban—. Para las próximas Navidades posiblemente seremos uno más a la mesa. Bueno... —Sonrió con picardía, mientras las puntas de su pelo oscuro oscilaban hacia delante con precisión milimétrica—. Tal vez no exactamente a la mesa. —Hizo una pausa—. Bertrand y yo vamos a tener un hijo. Una niña.

Por un momento se hizo el silencio.

Luego mamá estuvo a punto de desmayarse de alegría y papá soltó una risa de sorpresa.

—¡Vaya, qué rapidez! —dijo, mientras todos los demás mostraban su entusiasmo, reían y aplaudían, y Camille corría alrededor de la mesa gritando: «¡Voy a tener una primita, voy a tener un primita!».

Papá alzó su copa.

—¡Qué noticia tan maravillosa! —dijo—. Es el mejor regalo de Navidad que nos podían hacer, ¿no es cierto, Isabelle?

Todos brindamos, y mamá soltó unas lágrimas, muy emocionada; luego se acercó a Pauline y le dio un abrazo rápido antes de desaparecer en la cocina para sacar del horno el pavo y la salsa de castañas.

Pauline se quedó sentada sonriendo feliz en medio de todo aquel caos, dejando que la felicitaran como una futura mamá. Ya estaba embarazada de cuatro meses y nadie había sospechado nada, ni siquiera papá, que la veía prácticamente a diario.

—Oye, ¿cómo no me dijiste nada, chica misteriosa? —pregunté al recordar todos los encuentros que habíamos tenido en las últimas semanas sobre la casa flotante.

—Tú tampoco me lo cuentas todo, ¿verdad, hermanita? ¿No ibas a venir con alguien esta noche?

—Lo entendiste mal —contesté maldiciendo de nuevo a Luc por dejarme en la estacada.

—Ya, ya —dijo Pauline, jugueteando con su collar de perlas. Seguro que algún día su hija sería tan perfecta como ella—. ¿Te gustaría ser la madrina?

—Si no hay más remedio —respondí—. Pero no podré hacerle grandes regalos. Que lo sepas.

Fingí no darle gran importancia pero, por supuesto, me alegraba que me lo hubiera pedido. Y, aunque me sentía también muy contenta por ella, al mismo tiempo tuve una extraña sensación de vacío. Las próximas Navidades, Pauline también tendría un hijo. Entonces, en casa de los Beauregard habría ya dos familias felices. Yo, en cambio, muy posiblemente seguiría sentada sola a la mesa, traduciendo novelas finlandesas en mi buhardilla. ¡Una gran perspectiva! Apuré mi copa y sentí algo de lástima por mí misma.

El pavo que mamá trajo con orgullo de la cocina tuvo mucho éxito. Era enorme y muy dorado, y papá lo trinchó hábilmente con unas tijeras para aves. En cuanto se calmó un poco el entusiasmo por la nueva incorporación a la familia y se hubo repartido la comida en los platos, me llegó finalmente el turno.

No recuerdo exactamente cómo empezó la discusión: creo que papá mencionó sin malicia a Richard Bailleul y comentó lo bueno que había sido incorporarlo al bufete ahora que Pauline iba a estar durante un tiempo sin trabajar. Entonces, la conversación derivó hacia mi casa flotante, que al final por desgracia el abogado no había comprado. Finalmente, se comentó que yo había ido a la ópera con Richard Bailleul, algo que, al parecer, Eugénie no sabía.

—¡Oh! Eso es toda una novedad. ¿Sales con un abogado? —preguntó.

—No —respondí, sin poder evitar un tono algo hostil.

Mientras papá conversaba con Guy y Pauline, Camille empezaba a quejarse porque no quería abrir los regalos después del postre, sino de inmediato, y mi hermana mayor cuchicheaba con mamá, capté entre el murmullo general de voces algo así como: «A mí también me parece una lástima... Buen partido... Pero, imagínate, Pauline dijo que...».

Agarré mi copa de vino e intenté adoptar una actitud lo más despreocupada posible.

—*Bon appétit* —dijo mamá, cuando todo el mundo tuvo su trozo de ave en el plato y miró a su alrededor con expresión alegre. Luego su mirada se detuvo en mí—. Ahora que Pauline nos ha dado una sorpresa tan maravillosa, todos nos preguntamos cuándo vas a hablarnos de tu gran noticia, Joséphine.

—¿A qué te refieres, mamá? —pregunté con asombro.

—Bueno —dijo con una sonrisa—. El vestido nuevo, ese perfume caro... Solo hay que sumar dos y dos, *ma petite.*

—Mamá, déjalo —repuse irritada. Oí que Eugénie se reía suavemente—. No sé qué será lo que te has figurado, pero es absurdo. —Mamá no estaba del todo desencaminada en sus suposiciones; yo había comprado ese vestido dejándome llevar por una idea de felicidad que había resultado ser falsa, pero eso me hizo reaccionar aún con más intensidad—. ¡Madre mía! Es que no puedo comprarme ni un vestido nuevo sin que salten todas las alarmas —añadí con voz desafiante—. Y deja ya de llamarme «*ma petite*», que tengo más de treinta.

El último «*ma petite*» que había oído había venido de la boca de Luc, y eso no hacía sino empeorar las cosas. Al parecer, todo el mundo podía meterse en mi vida a su antojo. Porque yo siempre era la pequeña.

Mamá calló. Era evidente que se había mosqueado. Luego volvió a abrir la boca. La curiosidad había podido con ella.

—Creía que nos ibas a anunciar que pronto estarías con alguien —explicó—. Pauline dijo...

—¿Qué te contó Pauline?

Me quedé mirando fijamente a mi hermana y entonces me acordé de nuestra charla ante los espejos de los lavabos de la Brasserie Lipp. Pauline se encogió de hombros, disculpándose, y sentí ganas de estrangularla. Cómo no, le había contado todo el chisme a mamá.

—Bueno, pues que tienes un novio —dijo mamá—. Y que nos lo querías presentar por Navidad. ¿Cuándo va a venir? ¿Mañana?

Todas las miradas se volvieron hacia mí. Noté cómo la

sangre me acudía a las mejillas, bajé la mirada y me tomé un gran sorbo de vino tinto. ¡No pierdas la calma!, me dije.

—Pauline te dijo una completa tontería —repliqué, reclinándome en mi asiento.

—¿Cómo? —Por un momento mamá pareció confundida—. No, no —dijo luego con firmeza—. ¡Si tú misma me hablaste de ese hombre, Joséphine!

—¿Yo...?

Poco a poco, el vino empezó a nublar un poco mis sentidos. Nunca le había hablado a mamá de Luc Clément. ¿Qué estaba diciendo? Me quedé mirando las caras de los demás, que aguardaban con interés y seguían nuestro intercambio de palabras ávidos de sensaciones. Por una vez, incluso Camille, con su vestidito rosa, no abrió su dulce piquito.

—¡Sí! Pero si estaba contigo el otro día cuando hablamos por teléfono. ¿No te acuerdas? Cédric. Tu novio. ¿Por qué no nos lo presentas? —Ella me miró, en la cara escrito un vivo reproche—. ¡Por Dios, Joséphine! ¿Por qué siempre tienes que poner las cosas tan difíciles? ¿Por qué eres siempre tan reservada? Somos tu familia. Solo queremos lo mejor para ti.

—Sí, hermanita, vamos, preséntanoslo. —Pauline se hizo eco de las palabras de mamá—. Estamos todos muy emocionados. ¿O acaso ese hombre es un fantasma? ¿El Fantasma de la Ópera, quizá?

Lanzó la pelota al aire y Eugénie la cogió y sacó su bisturí.

—No, ella ya no sale con el Fantasma de la Ópera —bromeó—. Tal vez su novio no es muy presentable. —Me dirigió una sonrisa—. Has traído ya a varios desamparados. ¿Qué será esta vez? ¿Alguien con salario mínimo o un poeta pobre?

No sabía si reír o llorar. Ahí me encontraba yo, sentada con mi querida familia, y ellos criticándome a mis espaldas e inventándose las historias más descabelladas.

Y entonces perdí los estribos.

—¿Sabéis qué? ¡Que os zurzan! —espeté—. Cédric Bonnieux es un columnista famoso. Es una persona inteligente y con un gusto exquisito. Tiene un piso enorme junto al canal Saint-Martin, pero, sobre todo, es una magnífica persona...

—Pero todo eso suena estupendo —exclamó papá interrumpiendo—. Vamos, chicas, no debemos discutir por esto. ¿A qué viene este lío en realidad?

—Cierto, ¿por qué tanto alboroto? —dijo Pauline.

Pero yo ya no podía parar.

—Cédric es mi amigo —seguí diciendo en voz alta—. Y es gay.

De repente, todo el mundo en la mesa enmudeció. Apuré mi copa, la dejé en la mesa y miré a mi alrededor—. ¿Ha quedado todo claro? —inquirí—. ¿Alguna pregunta más?

—¿Qué es «gay», mamá? —preguntó Camille.

Para mí, la cena de Navidad terminó antes de que pudiera tomar un bocado de pavo. Creo que, después de mi proclama, mamá se sintió tentada de desmayarse por segunda vez esa noche, pero luego se levantó indignada de la mesa y se marchó rápidamente hacia la cocina, seguida de Pauline, su preferida.

Después de que Eugénie intentara explicar delicadamente a Camille lo que significaba la palabra «gay», la niña entendió que de un hombre que amaba a otro no cabía esperar necesariamente primas nuevas, para preguntar al fin por qué la tía Joséphine no podía encontrar un hombre normal y corriente sin más.

Papá intentó aplacar los ánimos comentando que todo aquello era muy normal en la actualidad, que obviamente todo el mundo tenía derecho a su propia sexualidad, y me preguntó si yo, de todos modos, no querría traer a casa a mi amigo.

—Bueno, quiero decir..., ¿ahora estáis juntos? —preguntó inseguro.

—No, papá, por supuesto que no —respondí exasperada, sirviéndome a continuación otra copa de Châteauneuf-du-Pape.

En la mesa reinaba un gran desconcierto; en la cocina, mamá estaba sentada llorando. Al cabo de unos minutos, Pauline regresó y me dijo que debía ir a pedirle disculpas.

—¿Por qué? —respondí—. ¿Porque no tengo pareja?

—No, por arruinarle la cena de Navidad. A ver, se ha pasado varios días en la cocina preparándolo todo, y ahora vas tú y te portas mal con ella.

—¡Oh, vaya! Ahora resulta que todo es culpa mía... ¡Esto no hace más que mejorar! —Me levanté de repente—. ¡La que no pudo mantener la boca cerrada fuiste tú, querida hermanita!

Había sido una suerte que no me hubiera dejado llevar del todo contándole también lo de Luc.

Papá se retorcía las manos, exasperado.

—¡Por favor, chicas, no discutáis! Es Navidad —dijo.

Entonces se volvió hacia mí.

—Mamá solo se preocupa por ti —añadió para tranquilizarme.

—Sí, porque no confía en mí para nada. Porque ninguno de vosotros confía en mí. Porque pensáis que soy una persona totalmente incapaz.

—Pero eso no es verdad, Joséphine. —Papá suspiró—. Ya conoces a tu madre. Tú eres la pequeña de la familia y la única que aún no tiene una relación estable. Y eso la hace sufrir.

Se oyó un sollozo reprobador procedente de la cocina.

—¿Ella sufre por eso? ¿Perdona? A ver, ¿qué es lo que realmente esperáis de mí? ¿Que salga a la calle con un cartel colgado al cuello que diga «Disponible» para que mamá no sufra tanto y pueda contar por fin a sus amigas que en casa de los Beauregard se celebrará una nueva boda? —repliqué fuera de mí.

—No es bueno que estés siempre tan sola, Joséphine. Tal vez podrías volver a salir un día con Richard Bailleul. De hecho, os llevasteis muy bien. El amor crece con el tiempo, ¿sabes?

Papá me miró con expresión ingenua.

—¡Oh, por Dios! —gemí—. ¡Os lo ruego! Dejad de intentar encontrarme pareja. Es insoportable. No necesito ningún hombre para ser feliz —añadí con terquedad—. ¿Cuándo os daréis cuenta?

—¿Quién necesita hombres? —Eugénie enarcó las cejas, divertida—. Puede que últimamente le gusten más las mujeres —le murmuró a Pauline, haciendo que ambas se partieran de risa.

—¡Lo he oído! —grité—. ¿Y sabéis qué? Ahora me iré para que así podáis seguir tranquilamente con vuestra perfecta fiesta de Navidad. A fin de cuentas, yo aquí solo molesto.

Agarré el bolso, cogí el abrigo y la bufanda del armario y, mientras me dirigía furiosa a la puerta, le oí decir a Eugénie con tono molesto:

—¡Dios mío! Pero ¿qué le pasa ahora? ¿Es que no se puede hacer ni siquiera una broma? Esa niña es siempre tan picajosa...

Airada, di un portazo al salir.

18

Anduve a paso veloz por la rue de Bourgogne. Hacía frío, pero no notaba nada. La adrenalina me recorría el cuerpo, el corazón me latía con fuerza. Estaba completamente fuera de mí y no sabía qué hacer con mi rabia, ni conmigo misma. Lo único que quería era marcharme, salir de esa escena que no había podido soportar ni un momento más. Toda mi familia se burlaba de mí; a papá le preocupaba qué sería de mí; mamá se había ofendido porque les había arruinado la Navidad a todos. Y yo estaba dolida, disgustada, susceptible, decepcionada, y era evidente que había bebido demasiado vino tinto.

Cerca de allí, en la rue Saint-Denis, Luc celebraba la Navidad con su familia. Cédric se había reconciliado con Augustin. Todo el mundo estaba festejando la Navidad, juntos y en armonía; solo yo estaba en la calle y ya no tenía hogar.

Con los ojos anegados en lágrimas, caminé, alejándome cada vez más; tomé la bocacalle siguiente y luego dos calles más, intentando despejar la cabeza mientras recorría el distrito gubernamental y pasaba ante el Museo Rodin, el Museo Maillol, el Ministerio de Educación Nacional, el ayuntamiento del séptimo *arrondissement* y todas las ventanas iluminadas de los elevados y antiguos edificios municipales. Todo estaba en silencio, las calles parecían desiertas. No se veía un alma, solo yo atravesaba la oscuridad.

De pronto, una silueta pareció soltarse del muro de un edificio y me asustó mucho. Era un anciano solitario que iba arrastrando los pies por la acera. Llevaba una botella en la mano y, cuando se acercó a mí, se balanceaba de manera considerable.

—*Joyeux Noël, mademoiselle!* —farfulló, tambaleándose al pasar junto a mí.

—*Joyeux Noël!* —respondí con voz ronca.

Por la noche, los desamparados de París se encontraban en la acera e intercambiaban buenos deseos. Así era mi Navidad. Me inundó una sensación de gran pesar.

Entre sollozos, tomé la siguiente calle y me imaginé a mi familia sentada en el comedor de casa, molestos por mi espectacular despedida, y conviniendo todos en torno al *bûche de Noël*, el delicioso tronco de Navidad, que mi conducta era absolutamente inadmisible. Y tal vez lo fuera. ¿Por qué había permitido que me provocaran de ese modo? ¿Por qué había estallado así? Podría haber hecho caso omiso de las burlas y de las preguntas indiscretas. Debería haberles dicho: «Esto no es asunto vuestro, queridos, ¡cambiemos de tema!». Sin embargo, a esas alturas ya no estaba en condiciones. En las últimas semanas se me habían juntado demasiadas cosas, y esa noche había sido la gota que colmaba el vaso.

Me dije a mí misma que había leído muchas veces que en Navidad las emociones solían desbordarse en las familias porque se volvían a abrir viejas rencillas y afloraban patrones de la infancia de los que la gente creía haberse librado hacía tiempo, pero eso no era consuelo para mí. Me quedé mirando las ventanas iluminadas en lo alto y sentí que una tristeza sorda se apoderaba de mí.

Poco a poco me fui tranquilizando y moderé el paso. Volví a sentir el frío trepando por mis medias de seda y me pregunté dónde estaba. Miré a mi alrededor y me di cuenta de que me encontraba en la rue de Grenelle, casi a la altura de la plaza de los Inválidos. Al parecer, había andado en círculos. Estaba bastante cerca, apenas habría tenido que retroceder unos pasos para regresar a la rue de Bourgogne; pero no quería ir allí. Ni tampoco quería volver a casa; pensar en mi piso helado me entristecía, Cédric no estaba y Luc era historia.

Me detuve un momento sin saber qué hacer. Mi mirada se posó en la torre Eiffel, que se elevaba entre dos edificios al otro lado y parecía engañosamente cercana.

A mi izquierda brillaba la cúpula dorada de los Inválidos; a mi derecha, al final de la explanada de los Inválidos, los cuatro pilares del puente Alexandre III relucían bajo el cielo nocturno, y la luz de las farolas de tres brazos situadas a ambos lados del puente lo difuminaba todo convirtiéndolo en una amplia franja dorada que resplandecía sobre el Sena. Aquello era increíblemente hermoso, y, si no hubiera hecho tanto frío, seguro que me habría quedado ahí esperando a que todo volviera a su cauce.

Luego, como atraída por un imán invisible, me encaminé hacia el puente Alexandre III. Avancé trastabillando por el camino de grava que pasaba bajo los árboles de la explanada y cuando, poco después, cruzaba el reluciente puente dorado, mis pasos se aceleraron como movidos por voluntad propia. De pronto, supe dónde iba a pasar esa noche.

Con el corazón latiéndome con fuerza, al cabo de poco abandoné el puente en la otra orilla del Sena y bajé la escalera que llevaba al río, ahí donde se encontraban las casas flotantes. Algunas estaban completamente a oscuras, otras tenían las luces encendidas. Anduve por el oscuro sendero junto a la orilla; ahí no había nadie y yo estaba convencida de que Lafôret tampoco estaría. Alguien como él seguro que tenía con quien pasar las fiestas. Pensé un instante en esa editora rubia y me pregunté si acaso serían pareja. Al parecer, yo era la única que estaba sola esa noche. Era como en esa canción de Françoise Hardy donde todo el mundo se pasea cogido de la mano por las calles y ella es la única que camina sola.

Tras andar un poco, llegué al embarcadero y busqué a tientas en el bolso el llavero del ancla plateada, que súbitamente me pareció que era un salvavidas. ¡Qué suerte disponer de esa casa flotante! Aquella noche sería mi refugio, mi cobijo, mi consuelo.

La Princesse de la Loire se encontraba completamente a oscuras y parecía que no había nadie. Cuando subí a bordo, se balanceó un poco. Sin embargo, al abrir la puerta, oí los ladridos de un perro en el interior. Al cabo de un instante, Filou vino hacia mí dando saltos, y detrás de él asomó su amo con el pelo alborotado.

¡Qué mal!, me dije. ¿Qué voy a hacer ahora?

Me agarré al bolso y miré incómoda a Lafôret.

—Pero bueno, ¿a quién tenemos aquí? —Sonrió y enarcó las cejas, sorprendido—. La verdad, mademoiselle Beauregard, usted es la última persona que esperaba ver esta noche. ¿A qué debo el honor?

Por un momento pareció molesto, pero recuperó enseguida la compostura. Seguramente había alguien con él y yo acababa de echar por tierra un romántico *tête-à-tête*. ¡Qué vergüenza! Noté que me sonrojaba.

—Yo..., ejem... No quería interrumpir —dije con timidez—. Pensé que no habría nadie. Por otra parte... Llegamos a un acuerdo y hoy no deja de ser viernes. De hecho, usted no debería estar aquí —le espeté.

—¡Pero si es Navidad! —replicó él, realmente sorprendido—. No sabía que nuestro acuerdo se aplicara también durante las fiestas. —Frunció el ceño con incredulidad y ladeó la cabeza—. ¿No me dirá ahora que ha pasado por aquí para controlarme?

Saltaba a la vista que él me tenía por una loca de atar.

—No, claro que no. —Intenté esbozar una sonrisa y me di cuenta de que era en vano—. Solo quería... subir a mi barco —balbuceé.

—Sí, ¿no tiene a nadie con quien celebrar la Nochebuena? —preguntó.

Me miró con sorpresa y yo, de pronto, vi lo que él estaba viendo: una joven confusa, con los labios pintados de rojo y los ojos emborronados, de pie ante a él, vestida de fiesta, con un pasador brillante en el pelo y zapatos oscuros de charol.

Negué con la cabeza sin decir nada.

—¿Y qué hay de su elegante pareja?

Tragué saliva.

—Bueno, el caso es el siguiente —dije con voz temblorosa—: ese chico elegante nunca fue mi pareja de verdad, solo es un buen amigo. Y quien de verdad era mi pareja ya no lo es desde anteayer, no al menos la mía. Ese ahora está sentado cómodamente con su familia, y la mía se burla de mí, y...

—Entiendo. —Lafôret, era evidente, no entendía nada. Confundido, se pasó la mano por el pelo y me miró con simpatía—. Todo eso parece absolutamente horrible.

—Es absolutamente horrible —le aseguré—. Esta noche ha sido un completo desastre, todo ha salido tremendamente mal y ahora..., y ahora... es Navidad y yo... me siento... sola...

Noté que las lágrimas de nuevo me acudían a los ojos. Aguanta, Joséphine, aguanta, pensé. Nada de echarse a llorar ahora.

Pero me eché a llorar.

Maxime Lafôret me miró consternado.

—¡Pero bueno! Esa no es razón para llorar. Vamos, pase. —Me rodeó con el brazo y me condujo hasta el interior de la casa flotante, mientras Filou saltaba a nuestro lado, sacudiendo la cola—. ¡Madre mía! Está usted tiritando. Por supuesto, vuelve a ir usted vestida con poca ropa —me regañó mientras empezaba a entrar en calor, aunque todavía me castañeaban los dientes—. Esta prenda no es adecuada para dar largos paseos nocturnos, mademoiselle Beauregard. ¿Cuánto tiempo lleva usted en la calle con este frío? Eso la va a matar.

La cabina estaba caldeada y resultaba acogedora. Lafôret trasteó un poco mientras sacaba del armario una manta de lana a cuadros, me la colocó sobre los hombros y me encaminó hacia el banco para que me sentara. Mientras me sorbía la nariz, me sequé las lágrimas y miré a mi alrededor con curiosidad. Sobre la mesa solo había una vela encendida y un vaso medio lleno junto a una botella de vino tinto. No parecía que hubiera nadie más en el barco.

Lafôret me tendió un pañuelo limpio.

—Últimamente su consumo de pañuelos tiene una tendencia alcista —dijo con un suspiro—. Eso debe cambiar: no tengo tantos.

Tomé el pañuelo agradecida y vi cómo él se dirigía a los fogones, donde en una cazuela se estaba cociendo algo a fuego lento que desprendía un magnífico olor a carne estofada y vino tinto.

Lafôret levantó la tapa y removió con una cuchara de madera, luego probó la comida y asintió satisfecho. A continuación, se volvió hacia mí, se apoyó en el aparador y se cruzó de brazos.

—Muy bien, mademoiselle Beauregard, ahora preste atención. Sé que esta es su casa flotante, y también sé que hoy es viernes y que yo no debería estar aquí. Pero, como puede ver, estoy aquí y, por casualidad, también estoy solo esta noche. ¡Me parece que es toda una señal! —Meneó la cabeza y en sus labios se dibujó una amplia sonrisa—. Me parece que deberíamos aprovechar la situación y pasar juntos esta noche tan aciaga. Como si se tratase de un grupo de ayuda mutua navideña, por así decirlo. A menos, claro, que usted sea tan fría y despiadada como para echarme de casa en plena Nochebuena.

—Nadie podría ser tan frío y despiadado. —Sonreí entre lágrimas; luego me soné la nariz y apreté el pañuelo que tenía en la mano—. Monsieur Lafôret, me parece que, en estas circunstancias particulares, su propuesta es bastante razonable.

—Me alegra oírlo. —Volvió hacia la cazuela y apagó el fuego—. Espero que le guste el *bœuf bourguignon*.

—Está de suerte, me encanta.

—Pues la que está de suerte es usted, porque mi *bœuf bourguignon* es el mejor que usted haya comido jamás.

Él, como siempre, tan seguro de sí mismo.

—¡No me diga! —respondí. Sentía que poco a poco el calor iba llegando a mis extremidades y empecé a relajarme.

—Pues así es. —Sonrió encantado—. Soy un hombre de muchas cualidades. A ver si por fin se da usted cuenta, querida Joséphine.

A veces, la salvación llega de donde uno menos se lo espera. Esa noche, que iba a ser larga y feliz, me llegó de la mano de un hombre al que, al parecer, yo había subestimado enormemente. Y mientras comíamos, bebíamos y charlábamos juntos, ocurrió algo extraño, algo que nunca habría creído posible. Maxime Lafôret era un pozo de sorpresas. Observé con asombro cómo todas mis ideas preconcebidas se iban derrumbando una tras otra. Era como un dominó: una ficha hacía caer la siguiente. Al final, me desarmó por completo y, sin duda, no fue por el vino. O al menos no solo fue por él.

Lafôret no había exagerado. Su *bœuf bourguignon* era, sin duda, el mejor que había probado en mi vida. Aunque había dado por sentado que ese hombre solo era capaz de preparar una tortilla, aquello me demostró lo equivocada que estaba. A diferencia de mí, que solo sabía cocinar bien un plato, Lafôret era buen cocinero. Pero además también era un buen anfitrión y un conversador divertido. Más de una vez me hizo reír con sus anécdotas. Ni por un momento mencionó las extrañas circunstancias de mi aparición.

Solo después de la comida, se reclinó en su asiento y se quedó mirándome pensativo.

—¿Se siente usted mejor ahora?

Asentí con la cabeza.

—¿No me contará por fin qué es lo que ha ocurrido realmente esta noche? ¿Por qué ha venido aquí?

—Hum —dije. Indecisa, acaricié el borde de mi copa de vino con el dedo—. ¿Y se supone que ahora se lo tengo que contar?

—Sí —respondió—. Primero, porque soy bueno escuchando; segundo, porque, al fin y al cabo, somos como un grupo unido por el destino, y tercero...

—¿Tercero?

—De eso ya hablaremos después.

Levanté la mirada, pero no vi asomo de burla en sus ojos marrones.

Y así fue como me explayé con Maxime Lafôret y le conté las desafortunadas circunstancias que me habían llevado a la casa flotante.

—No podía saber que usted estaría aquí —concluí.

—No, no podía —respondió con una sonrisa—. Pero seguro que ahora se alegra de haberme encontrado, ¿no?

—Bueno... —Me encogí de hombros y sonreí—. Vale, sí —admití—. Y usted, ¿por qué estaba aquí? —quise saber entonces.

—Mis planes cambiaron de forma inesperada —respondió—. De hecho, estaba invitado a una cena, pero, entonces, un alumbramiento lo ha desbaratado todo. —Sonrió y se encogió de hombros—. Algo muy propio de las Navidades.

—Habla usted de forma enigmática. ¿A qué se refiere con un alumbramiento?

Lafôret se sirvió un vaso de vino y le miré con interés.

Según me contó de buena gana, que él estuviera ahí se debía al hecho de que su mejor amigo —exacto, aquel que hacía poco se había casado— había tenido que cancelar inesperadamente la cena de Nochebuena porque su flamante esposa se había puesto de parto de forma prematura y había tenido que ingresar en el hospital. Y por eso no había podido conocer a la hermosa Florence, la prima de la mujer de su amigo, a la que habían invitado para presentarlos.

—Ha sido todo un alboroto. Pero la mamá y el bebé están bien. Y mi amigo pasará la noche en el hospital.

—¡Qué rapidez! —dije con una sonrisa—. ¿No me dijo usted que se casaron hace poco?

—Por eso se casaron. —Sonrió—. Bueno, no solo por eso. Nunca había visto una novia embarazada tan feliz.

Me miró por encima de su copa de vino.

—Ahora se da cuenta de la suerte que ha tenido —comentó—. Por poco no estoy. En lugar de con usted, habría estado cenando con la hermosa Florence.

—Sí, pero también usted ha estado de suerte —repuse—. Ha estado a punto de tener que comerse el *bœuf bourguignon* usted solo. —Todo aquello me empezaba a divertir—. Y quién sabe si el encuentro con la hermosa Florence realmente hubiera sido tan fabuloso. Por mi experiencia, esas citas concertadas no suelen funcionar.

—Vaya, vaya —contestó él y se me quedó mirando un momento demasiado largo—. Por cierto, bonito vestido.

—No es el primero que me lo dice esta noche —respondí, y entonces me acordé de nuestro encuentro en el Rosa Bonheur—. Dígame, ¿qué hacía usted en realidad en esa fiesta editorial?

—Lo mismo que usted.

—¿Lo mismo que yo? —Solté una risa—. Yo estaba allí solo por motivos laborales.

—Yo también.

Él sonrió.

—¿Y esa editora rubia? —insistí.

Se encogió de hombros.

—Solo trabajo, ¿por qué no me cree?

—Porque no se puede confiar en alguien como usted. Lo supe en el mismo instante en que nos conocimos. —Agité el vino en mi copa y sonreí, recordando nuestro primer encuentro involuntario, cuando Maxime Lafôret me dejó inequívocamente claro que no pensaba abandonar mi barco—. ¡Dios! ¡Cómo me enfadé con usted! —Negué con la cabeza—. Resulta gracioso, en cierto modo...

—¿Gracioso? ¿Que usted se enfadara conmigo?

—No, que usted entonces me pareciera tan insufrible. Lo habría mandado a freír espárragos. Y aquí me tiene ahora, sentada con usted en Nochebuena, y, la verdad, me parece...

Me interrumpí.

—¿Bonito?

Asentí y, de pronto, me sentí cohibida.

Él enarcó las cejas y sonrió.

—¿Quiere que le cuente un secreto, mademoiselle Beauregard?

Levanté la vista y, de repente, mi corazón empezó a latir un poco más rápido.

—Usted nunca me ha parecido insoportable. Vale, me la encontré por sorpresa tumbada en mi cama y se puso a gritar como una endemoniada, insultándome... Pero nunca me ha parecido insoportable. —Se inclinó hacia mí, me apartó un rizo detrás de la oreja y de pronto me encontré sus ojos oscuros muy cerca de mí.

—Y ahora...

—Y ahora... ¿qué? —pregunté en voz baja, a pesar de que ya lo sabía.

—Por fin voy a besarla, Joséphine.

Aquello no se quedó en un beso. Por supuesto que no. Era demasiado bonito para dejarlo ahí. El 24 de diciembre, nos aproximamos tanto el uno al otro como solo pueden hacerlo dos personas. Tan cerca que nuestros labios se encontraban una y otra vez en besos de felicidad. Tan cerca que la pequeña cama del camarote de la casa flotante resultó ser perfecta para los dos. Tan cerca que casi olvidé que Maxime Lafôret era un vagabundo y un farsante. Nos tumbamos juntos en la cama, con el corazón latiendo con fuerza, y entonces me di cuenta de que aquella era la mejor Navidad que había pasado en mucho tiempo, tal vez incluso la mejor de mi vida. Me dormí en brazos de Maxime y por fin me sentí tan segura y protegida que tuve la sensación de estar en casa. Cuando en mitad de la noche me desperté y vi a un hombre que ya no era tan extraño tumbado a mi lado en la cama, se me ocurrió que probablemente había tenido que ser así. Quizá era lo que el tío Albert tenía en mente al alquilar su barco a Maxime Lafôret. Y entonces tomé una decisión.

—De acuerdo —dije incorporándome.

—¿A qué te refieres con «de acuerdo»? —preguntó Maxime con interés. Se apoyó en el codo y me miró.

—He cambiado de opinión. No voy a vender la casa flotante. El dinero me vendría muy bien, pero creo que me podré apañar sin él. —Últimamente había vuelto a recibir algunos encargos, ya no estaba al borde del abismo, y, de continuar así, podría seguir tirando con mis traducciones—. Así pues, si quieres, puedes quedarte en la casa flotante.

—¿Durante los próximos cinco años, quieres decir?

Me miró con interés.

—Todo el tiempo que quieras, bobo. —Le despeiné el pelo.

—Oh, ¿esto es una declaración de amor?

Soltó una risa suave.

—Es posible. —Sonreí pensativa—. Pero hay una condición...

—¡Oh, cielos! Ya me lo imagino, voy a tener que pagarte el doble del alquiler. —Suspiró fingiendo exasperación—. Pero no te preocupes, me las arreglaré.

Me pasó el dedo por el muslo y eso me hizo estremecer.

—No, Maxime, no tienes por qué, a ti tampoco te sobra el dinero —le aclaré con generosidad.

—Entonces ¿cuál es la condición?

Lo miré y sonreí. Él no sabía nada de la urna que seguía sobre mi cómoda ni del plan audaz que poco a poco iba tomando forma en mi cabeza.

—Vas a viajar conmigo al castillo de Sully. Con La Princesse de la Loire. Quiero volver a hacer el trayecto por el río que hice con el tío Albert. ¿Te apuntas?

—Por supuesto que sí. —Maxime se recostó cómodamente en las almohadas y me pasó la mano por el estómago—. ¿Cuándo quieres zarpar?

Sonreí.

—¡Ahora!

—¿Ahora? —Su mano se detuvo—. ¿Ahora? —repitió sorprendido.

—¡Sí! —Lo miré con los ojos brillantes—. Ahora mismo. —Pensé en el tío Albert y en lo que me decía en su carta. Que agarrara la felicidad con las dos manos, que no dejara pasar el momento decisivo. Y el momento decisivo era ese mismo instante.

Besé a Maxime, que estaba atónito, y luego le tarareé al oído los primeros compases de *Le temps de l'amour*.

—Me parece que ha llegado el momento de la aventura, del amor y de todo lo que uno quiere recordar para siempre.

Maxime se rio, sin acabar de creérselo.

—¡Vaya! —dijo con tono de admiración—. Desde el principio supe que estabas un poco loca, pero no te creía capaz de eso. —Suspirando, buscó su ropa, que estaba desparramada frente a la cama, y se vistió.

—¡El capitán está listo! —Se volvió hacia mí—. Bueno, princesa, ¿qué pasa? Por mí, ya podemos irnos.

—Un momento —dije con una sonrisa—. Va a venir alguien más con nosotros.

—¿Cómo? —preguntó Maxime con asombro—. ¿Quieres que venga alguien más?

19

Dos horas más tarde, volvíamos a estar sentados en el taxi y regresábamos a la plaza de la Concorde. El París nocturno pasaba deslizándose por nuestro lado y, en medio de ambos, en el asiento trasero, estaba la urna del tío Albert.

Dos horas: eso era lo que nos había llevado encontrar un taxi, ir hasta mi piso, preparar una pequeña bolsa de viaje con lo imprescindible, recoger la urna de la cómoda y volver a subir al taxi que nos esperaba abajo, en la plaza Sainte-Marthe.

Recliné la cabeza en el asiento y miré por la ventanilla mientras el vehículo avanzaba veloz por el boulevard Haussmann. La calzada estaba despejada, la aventura había comenzado. De vez en cuando, el taxista echaba un vistazo por el retrovisor y nos miraba con curiosidad. Era evidente que no entendía por qué teníamos tanta prisa en Nochebuena. Seguramente pensaba que estábamos huyendo. Sonreí para mis adentros y, de pronto, noté un zumbido sordo que venía de mi bolso. Al sacar el teléfono, vi que era Pauline. Había intentado ponerse en contacto conmigo varias veces y ahora me había enviado un mensaje.

¿Qué pasa, hermanita? ¿Por qué no das señales? Estamos preocupados. ¿Ya te has calmado? ¿Te encuentras bien? ¿Dónde te has metido?

Me lo pensé un momento. Luego le contesté:

No os preocupéis. Estoy muy bien. Me he marchado para cumplir una misión importante y no estoy sola. Vamos a llevar las cenizas del tío Albert a su última morada; puede que tardemos un tiempo. Hablamos después de fin de año. Y entonces os presentaré a alguien. Mis mejores deseos para todos, Joséphine.

Apagué el móvil sin vacilar. Tenía que cumplir una misión importante y no iba sola. Maxime Lafôret estaba a mi lado, y probablemente mi familia se habría desmayado si hubiera sabido que mi acompañante era ese *bon vivant* y bribón que tenía instalado en mi casa flotante. El taxi se detuvo un instante ante un semáforo en rojo y luego volvió a arrancar, y nosotros nos miramos y sonreímos como dos conspiradores mientras atravesábamos la noche.

El taxista puso los intermitentes al doblar hacia la plaza de la Concorde. Volvió a mirar por el retrovisor y, al parecer, fue incapaz de contener su curiosidad.

—Díganme…, ¿eso que llevan ahí es una urna? —preguntó.

—Sí, por supuesto —respondió Maxime, como si eso fuera lo más normal del mundo, mientras yo me esforzaba por no soltar una carcajada histérica. Desde luego, era toda una locura estar en un taxi en Nochebuena con una urna y un hombre con quien acababa de pasar mi primera noche de amor y con quien más tarde emprendería un largo viaje. Creo que aquello era lo más loco que había hecho en mi vida, pero, a la vez, también era lo más bonito e importante, y sentía que era lo correcto.

Tal y como había escrito el tío Albert en su carta, la vida es un viaje. A lo largo de los años, unas veces avanzamos más deprisa, otras más despacio, y la mayor parte de las veces mantenemos el rumbo. Lo decisivo son los giros que decidimos tomar: esos son los momentos que cambian tu vida.

Volví a mirar a Maxime, que me apretó la mano en señal de aprobación y me sonrió; al momento pensé que, con un hombre así a mi lado, podría superar todas las aventuras y sorpresas que la vida me deparase. Al poco rato, en cuanto llegamos de nuevo a la casa flotante, Maxime Lafôret también tenía una sorpresa para mí.

Después de guardar la urna en el viejo armario, donde también estaban la caja de los recuerdos y las cartas de la princesa, Maxime me cerró el paso.

—Hay algo que debo contarte antes de que nos pongamos en marcha —dijo. Levanté la vista sorprendida.

Entró con rapidez en el camarote, sacó un libro de la estantería y me lo tendió.

—Yo también pongo una condición —añadió.

—Ah, ¿sí? —Miré divertida la novela policiaca del Loira de Maurice Forestier que Maxime sostenía en la mano—. *Asesinato en los huertos de Villandry*. Un título atroz, ¿a quién se le ocurre algo así? —Lo miré—. ¿Qué quieres?

Tenía la mirada brillante y me pregunté qué estaría tramando.

—Sé que no te gustan especialmente las novelas policiacas —dijo despacio—, pero creo que podrías hacer un esfuerzo y, por lo menos, leer una de las mías. Ya que voy a ir por el Loira contigo...

Me quedé mirándole atónita. ¿Qué disparates estaba diciendo ahora? Debía de ser otra de sus bromas.

—¿Y eso...? ¿Estás de broma? ¿Ahora pretendes ser Maurice Forestier? ¡Ya te gustaría, ya! —Me eché a reír—. Ja, ja. ¡Qué bueno! —Le di un golpecito en el pecho con el dedo índice—. Pero a mí no me engañas, viejo embustero.

Maxime me miró y sonrió divertido.

—Ni soy viejo, ni embustero. Maurice Forestier es mi seudónimo.

—¿Cómo?

—La verdad, pensé que se te ocurriría antes. Maxime Lafôret. Maurice Forestier.* La verdad, no tienes ningún olfato detectivesco, *chérie*. —Se echó a reír—. Además, cuando nos conocimos ya te dije que esos libros eran míos.

—Sí, pero no en el sentido de que los habías escrito tú.

—Ah, ¿no? Estaré encantado de enseñarte los contratos de edición. —Me hizo una señal para que saliera del camarote—. Siempre tienes que verlo todo en negro sobre blanco antes de creerme. Ven, los tengo aquí, en mi ordenador.

---

* *Forestier* en francés significa «guardabosques». *(N. de la T.)*.

Se adelantó y abrió la cómoda.

—Pero, pero... —Palidecí. En ese momento me di cuenta de que Maxime estaba diciendo la verdad—. ¡Eh, oye, tú eres un monstruo, espera! —exclamé corriendo tras él—. ¿Tú escribes libros? Y todo este tiempo me has hecho creer que eras un..., un...

—Un aprovechado y un gorrón —dijo terminando la frase alegremente.

—¡Sí, exacto! Bueno, no, quiero decir... —Lo miré, un poco avergonzada.

—Te dije que te arrepentirías de tus palabras, querida Joséphine, ¿recuerdas?

Por supuesto que sí. Nuestra charla en el bar de la plaza Sainte-Marthe, cuando me las daba de tener una gran intuición sobre las personas. Y, en cambio, ese hombre me había estado engañando todo el tiempo.

—Y, ese día, en el Rosa Bonheur... Tú no..., bueno, quiero decir... —balbuceé, pensando en que le había acusado de actuar siempre en beneficio propio.

—Estaba invitado en calidad de autor... Y no porque hubiera champán gratis. Aunque, la verdad, era excelente.

—Oh... —Me sonrojé—. Y esa mujer rubia...

—Es mi editora. —Sonrió—. Pero no te preocupes...

—No estáis juntos —me apresuré a terminar la frase.

—No, en realidad no quería decir eso.

—Ah, ¿no? —pregunté, insegura—. ¿Tienes algo con ella?

Soltó una risa.

—Joséphine, mi relación con madame Besier es puramente profesional. Lo que quería decirte en realidad es que no tienes de qué preocuparte: no soy de esos escritores de novela negra a los que acusas de llevar una vida aburrida.

—Ya me he dado cuenta, ya.

Si existía alguien que no fuera aburrido, ese era Maxime Lafôret. En las últimas semanas había puesto mi vida patas arriba.

—En realidad soy paisajista de profesión.

—¡Ajá! —asentí.

Por lo menos, mi impresión de que ese hombre pasaba mucho tiempo al aire libre había sido correcta.

—He trabajado a menudo en los jardines de los castillos del Loira, pero también en Versalles. En el castillo de Villandry no solo conocí a Albert, sino que un día di con un cadáver en el huerto. Yacía tranquilamente entre las coles.

—¡No!

—¡De verdad! Al final resultó ser una muerte natural. Simplemente, la conserje que murió allí había sufrido un ataque al corazón, pero al principio se presentó la policía y un inspector. Así fue como se me ocurrió la idea de crear una serie de novelas policiacas junto al Loira, que, la verdad, no ha salido nada mal. —Sonrió—. Seguro que te gustará saber que tengo una casa en Rueil-Malmaison, muy cerca del castillo de Malmaison, donde por cierto, como sé muy bien, habitó tu tocaya Joséphine de Beauharnais, la emperatriz.

Hizo una pequeña inclinación.

—No soy tan ignorante como piensas y los rosales de allí son realmente maravillosos.

—Lo sé —dije casi sin aliento, casi a punto de desmayarme—. Una vez estuve ahí..., cuando iba a la universidad... —Me acordé de la excursión de cumpleaños que hice con mis padres y del bonito cojín de rosas que mi madre me compró entonces. Tenía bordada la inscripción: «*Les roses de l'impératrice Joséphine»*. Mamá estaría encantada con este nuevo giro de los acontecimientos, del cual no sospechaba nada.

—¡Qué lástima no habernos conocido entonces! —continuó diciendo—. Seguro que nos habríamos ahorrado muchos problemas y zozobras.

Con un gesto galante se llevó mi mano a los labios, luego la giró y me besó la palma.

—¿De verdad vamos a partir esta noche, *ma chérie*?

Asentí en silencio. Seguía asimilando todo lo que había ocurrido.

—Pero, entonces, ¿para qué necesitabas mi casa flotante? ¿Por qué te negaste con tanta vehemencia a mudarte? Creí que no tenías otro lugar donde estar.

—¿Y si tal vez solo quería estar en contacto contigo? Como inquilino tuyo. —Me hizo un guiño—. Si hubiera permitido que vendieras la casa flotante, tal vez no nos hubiéramos vuelto a ver. Por otra parte, cuando tengo cosas que hacer en París suelo pasar la noche en el barco. Y cuando quiero escribir una nueva novela policiaca, Filou y yo zarpamos en La Princesse de la Loire, echamos el ancla donde nos apetece y me dejo llevar por la inspiración. Por eso me alegra tanto poder seguir en la casa flotante. A pesar de que, tal y como tú siempre has dicho, mi deseo de comprarla en algún momento no es muy realista. Pero tal vez me puedas vender la mitad y entonces seríamos copropietarios.

Sentí que la cabina empezaba a dar vueltas. Me tambaleé un poco y Maxime me sostuvo con fuerza.

—¿Qué pasa? —me dijo, apartándome un mechón de pelo de la cara con gesto tierno—. ¿Demasiado vino? ¿O demasiadas sorpresas?

—Ambas cosas. —Me incorporé y le dirigí una mirada de reproche—. Pero... ¿por qué nunca me contaste todo esto? —balbucí—. ¿Por qué dejaste que creyera que eras un pobre desgraciado? Dejando de lado que la mayor parte del tiempo te comportaste como un bruto...

Sus ojos marrones le brillaban.

—¡Oh! Sabes, querida, eras tan maravillosamente arrogante que, de algún modo, me provocabas. Me lo pasaba tan bien con nuestras disputas verbales y luego... Bueno, solo quería saber si una mujer que lleva el nombre de una emperatriz se iría a la cama con un vagabundo como yo.

—¡Ah, vaya! Realmente eso es... ¡Eres el colmo, Maxime Lafôret! Eres odioso. —Me abalancé hacia delante y él me agarró por los brazos, riéndose.

—Lo sé. Pero tienes que perdonarme porque...

Me miró fijamente y se puso serio de pronto.

—¿Por qué?

—Te quiero.

Me atrajo hacia él y me dio un beso que me dejó sin aliento.

—Así que... admite por fin que no soy aburrido —dijo—. Y partiremos.

Riendo, subimos a toda prisa a cubierta, animados por todo lo nuevo que acababa de empezar, por todas las aventuras que aún nos aguardaban, por todos los momentos que no queríamos olvidar jamás. Y mientras nos deslizábamos en la noche por el Sena, pasando entre las mil luces de la ciudad, junto a la torre Eiffel, que brillaba y centelleaba a cada hora como la luz de una bengala, mientras dejábamos atrás el puente de Bir-Hakeim y el puente Mirabeau, que es el último de París, de pronto noté cómo un pequeño copo blanco de nieve caía silenciosamente como una pluma sobre mi abrigo, luego otro y otro.

—¡Está nevando! —grité contenta, como una niña, y agarré la mano de Maxime, entusiasmada por el interminable milagro de aquella noche, y por los copos de nieve que empezaban cubrirlo todo como flores delicadas. Mi pelo, las pestañas oscuras de Maxime, nuestras manos entrelazadas, nuestro barco, que se deslizaba poco a poco atravesando París hasta dejarlo atrás.

Me acurruqué contra el hombre que tenía a mi lado al timón, eché la cabeza hacia atrás y miré al cielo, del cual caían millones de puntitos de luz arremolinándose como estrellas fugaces.

—¡Feliz Navidad! —exclamé dichosa, y el corazón se me ensanchó. Y, en ese instante maravilloso, ni siquiera supe si se lo decía a Maxime, a mí misma o a todo el mundo.